Rosie Rushton • Reg dich ab, Mama!

Nadine

Neunemann

OMNIBUS

DIE AUTORIN

© John Roan

Rosie Rushton arbeitet als Journalistin für verschiedene Zeitungen und verfasst Reportagen für Zeitschriften. Besonders gern schreibt sie über Teenager und Familienbeziehungen. Rosie Rushton lebt in Northamptonshire und hat drei erwachsene Töchter.

Von Rosie Rushton ist bei OMNIBUS erschienen:

Ich glaub, ich krieg 'ne Krise! (20663)

Bei OMNIBUS XL ist erschienen:

¡Friends! **4 Bände** (25514, 25515, 25516, 25025)
¡Girls! **4 Bände** (20490, 20491, 20492, 25005)

Bei C. Bertelsmann ist erschienen:

Geliebte Brieffeindin (12498)
Geständnisse und andere Lügen (12458)
Halt dich da raus, Mama! (12431)
Ich glaub, ich krieg 'ne Krise! (12433)
Ich schaff das schon, Mama! (12353)

Weitere Titel sind in Vorbereitung.

Rosie Rushton

Reg dich ab, Mama!

Aus dem Englischen
von Nina Schindler

OMNIBUS

OMNIBUS

Band 20778

Der Taschenbuchverlag
für Kinder und Jugendliche
von Bertelsmann

Umwelthinweis:
Dieses Buch wurde auf chlorfrei gebleichtem Papier gedruckt.

Einmalige Sonderausgabe Oktober 2000
Gesetzt nach den Regeln der Rechtschreibreform

Die Originalausgabe erschien unter dem Titel
»Just don't make a Scene, Mum!«
bei Piccadilly Press Limited, London
Übersetzung: Nina Schindler
Lektorat: Elisabeth Hohmeister
Umschlagbild: Peta Coplans
Umschlagkonzeption: Klaus Renner
go · Herstellung: Stefan Hansen
Druck: Presse-Druck Augsburg
ISBN 3-570-20778-1
Printed in Germany

Inhalt

Die Anrufe

»Und das war ›East Seventeen‹ mit ›Stay another Day‹.« Dean Laurie fuhr die Lautstärke des Songs runter und schlürfte rasch einen Schluck von dem lauwarmen Kaffee. »Sie hören ›On Your Marks‹, die Sendung für junge Leute am Samstagmorgen, die niemand verpassen darf, der etwas auf sich hält.« Meine Güte, heute klang er ganz schön abgedroschen. »Und nun schalten wir um auf die Seufzer-Hotline – jetzt könnt ihr da draußen uns erzählen, was euch in dieser Woche genervt hat.« Die ersten Takte der Erkennungsmelodie »Seu-heu-heuf-zer-Hotline auf UKW Drei-hei-hei-nullsieben«. Noch einen Schluck Kaffee. Vorsicht, nicht so nah am Mikro schlürfen. Irgendjemand sagte mal, dabei macht man ein Geräusch, als ob ein Goldfisch im Klo runtergespült wird.

»Seufzerthema dieser Woche sind die grauenvollen Momente im Leben, in denen man sich am liebsten in ein Mauseloch verkriechen möchte. Das kennen wir doch alle, oder? Also, heraus damit, erzählt es uns, wir hören euch jetzt zu!«

Pause. Rasches Winken durch die Scheibe zum Studiogast, Ginny Gee, die im *Leehampton Echo* die Kolumne mit dem Kummerkasten schrieb. Gerade war sie dabei, ein Make-up aufzulegen, als ob sie im Frühstücksfernsehen auftreten sollte, statt die nächste Viertelstunde mit der pubertierenden Bevölkerung von Leehampton über ein Mikro zu quasseln.

»Oder noch schlimmer, diese schrecklichen Situationen, in denen eure Mama oder euer Papa euch vor all euren Freunden bloßstellt«, fuhr Dean fort. »Oder wenn ein älterer Bruder den Typen, für den ihr schwärmt, madig macht – genau dann, wenn der in Hörweite ist. Würdet ihr dann nicht am liebsten sterben?«

Dean hielt inne, um Luft zu holen, als Clarissa, die Produktionsassistentin, Ginny ins Studio geleitete. Ginny quetschte ihre nicht unerheblichen Fleischmassen an Dean vorbei, gab ihm ein Küsschen auf die Wange und ließ sich dann auf den freien Sessel fallen.

»Wir begrüßen heute als Studiogast Ginny Gee vom *Echo*, die euch dabei helfen wird, mit diesen peinlichen Situationen fertig zu werden, in denen man mit blutrotem Kopf wie ein begossener Pudel dasteht. Außerdem winkt vier von unseren Anrufern ein Preis – doch darüber später mehr. Also nehmt den Hörer und wählt schon mal. Ihr kennt die Nummer – 212 0909. Und jetzt weiter mit ›2 Unlimited‹ und ›No One‹.«

Dean schwenkte seinen Drehstuhl zu Ginny herum. »Schön, dass Sie gekommen sind, Ginny. Jetzt müssen wir nur noch darauf warten, dass es da draußen ein paar Gören gibt, die Probleme haben. Es gibt nichts Schlimmeres als eine Hotline ohne Anrufer.«

»Ach, die werden schon anrufen. Die meisten Kinder sind sowieso die ganze Zeit mit hoffnungslosen Problemen beschäftigt.«

Ginny betrachtete aufmerksam ihre knallorange lackierten Fingernägel und seufzte. »Und wenn man meiner Tochter glauben will, dann liegt das hauptsächlich an den Eltern. Weißt du was, Dean«, fügte sie hinzu, beugte sich vertraulich vor und hüllte ihn in eine Wolke von *L'air du temps* ein, »heute Morgen wollte mir meine Tochter verbieten, in diesen Klamotten das Haus zu verlassen. Sie behauptete, Fuchsia und Orange würden nicht zu meinem Teint passen. Also, diese Kids heutzutage sind ja so was von konservativ, nicht wahr? Ich sehe doch okay aus, oder, Dean?«

Schlaues Mädchen, deine Tochter, dachte Dean.

»Du siehst toll aus, Ginny, mein Engel«, flötete er. Und bevor er sich noch weiter des Meineids schuldig machen konnte, war es Zeit für die Verkehrshinweise.

Auf der anderen Seite der Studioglasscheibe fingen die Telefone an zu klingeln.

Hinter geschlossenen Türen

Während Ginny Gee zum achten Mal die Lippen mit Glutrote Rose anmalte und sich kampflustig ihren Bodystocking höher zog, überlegten sich einige ihrer Zuhörer ernsthaft, ob sie nicht von zu Hause abhauen sollten.

Laura Turnbull saß in der Wordsworth Close Street in ihrem Zimmer mit vielen Postern und einer Sammlung von Porzellanschweinen auf jedem freien Quadratzentimeter und zupfte sich ihre verhassten rotblonden Augenbrauen. Sie hätte gern gewusst, ob man Sommersprossen chirurgisch entfernen lassen konnte. Eigentlich sollte sie nach ihrer verloren gegangenen Geschichtsarbeit suchen, aber Laura tat selten das, was man von ihr erwartete. Sie wusste genau, dass sich die ganze Welt gegen sie verschworen hatte. Nicht nur, dass ihr Vater ausgezogen war, um mit dem Biest Betsy zu leben, und dass ihre Mutter sich überhaupt keine Mühe gab, Papa zurückzugewinnen, sondern zu allem Überfluss hatte die sich außerdem mit einem Trottel wie Melvin Crouch eingelassen. Und als Krönung des Ganzen hatte Laura auch noch die falsche Haarfarbe, Hüften, die in Leggings einfach furchtbar aussahen, und eine Himmelfahrtsnase, die ihre Großmutter niedlich und Laura eine Strafe fand. Kein Wunder, dass sie keinen Freund hatte: Man musste schon so gepflegt und cool aussehen wie ihre Freundin Chelsea, damit einem die Jungen nachliefen.

Natürlich hatte ihre Mutter bloß gelacht, als Laura ihr klarmachen wollte, dass getönte Haare, eine Dauerwelle und gefärbte Augenbrauen die Voraussetzungen dafür waren, dass Laura überhaupt von Leuten ihres Alters akzeptiert wurde. Natürlich interessierte es ihre Mutter nicht, ob ihre Tochter beliebt war; es war ihr völlig egal, dass sie ihren Papa schrecklich vermisste und dass sie nun mit Betsys grauenhaften Gören um seine Aufmerksamkeit wetteifern musste, mit der hochnäsigen Sonia und dem doofen Daryl. Es war ihr sogar egal, dass sie in dieses gruftige Einfamilienhaus hatten ziehen müssen. Selbst dass das Großmaul Gary

Wilkes aus der Neunten sie mit Melvyn vor dem Supermarkt beim Knutschen gesehen hatte, war ihr völlig Wurst, und der Kerl hatte auch noch die ganze Klasse darüber informiert, dass Lauras Mutter einen jüngeren Lover hätte. Lauras Leben war total zerstört, aber das war allen egal. Die Seufzer-Hotline konnte ihr nichts Neues über Probleme erzählen. Aber jetzt hatte sie einen Supereinfall, wie es sich für jemanden gehörte, der noch vor dem einundzwanzigsten Geburtstag einen Literaturpreis gewinnen wollte.

Zur gleichen Zeit saß drüben in Billing Hill Jemma Farrant in ihrem neuen in Pfirsich und Apfelgrün tapezierten und mit den dazu passenden Laura-Ashley-Gardinen und Lampenschirmen dekorierten Zimmer. Sie hörte Radio und presste währenddessen, so fest sie konnte, den Daumen gegen ihre Vorderzähne. Jemma hasste ihre Zähne – sie fand, dass die beiden mittleren vorstanden, weil sie als kleines Kind oft am Daumen gelutscht hatte. (Tatsache war, dass sie das bei Gewittern, Französisch-Aufgaben und langen Autofahrten, wenn keiner hinsah, immer noch machte.)

Jemma hasste momentan viele Sachen: ihre störrischen glatten, mausbraunen Haare, die sie auf Wunsch ihrer Mutter immer noch todlangweilig zu einem Schwanz gebunden oder in Zöpfen geflochten tragen sollte, den Umzug von Sussex nach Leehampton, wo sie kein Schwein kannte und sie mitten im Schuljahr auf einer wildfremden Schule neu anfangen musste. Am allerschlimmsten war es, dass ihr Kleiderschrank voller Kleider hing, die viel besser zu einem kleinen Mädchen als zu einem dreizehnjährigen Teenager passten. Das Blöde war, dass ihre Mutter selbst immer in schrecklichen Faltenröcken und dicken bunten Strumpfhosen und Kopftüchern rumlief und nur zu Papas Krankenhausfeiern, Hochzeiten oder Beerdigungen Make-up benutzte und offensichtlich mit aller Macht verhindern wollte, dass ihre Tochter irgendwann bessere Klamotten kriegte.

Wenn doch nur Gran hier wäre – die würde mit Mama fertig werden. Immer wieder nahm Jemma all ihren Mut zusammen, um energisch zu widersprechen, aber im letzten Moment kniff sie dann. Sie hasste Streitereien. Ihre Mama wurde meistens ziemlich unangenehm, wenn jemand ihr widersprach. Gran war dagegen ziemlich cool für eine, die schon über siebzig war. Sie lebte mit Schildkröte Maud und Papagei Kralle in einem winzigen Häuschen hinter der Uferpromenade von Brighton im Dauerchaos. Gran meinte immer, das Leben wäre für die, die am Leben sind. Deshalb sagte sie allen Leuten, sie sollten sich nach besten Kräften amüsieren, einen draufmachen und das Leben genießen.

Warum nur konnte ihre einzige Tochter nicht so sein wie sie? Jemma fasste einen Entschluss. Sie wollte Gran schreiben und sie einladen.

Diese Woche hatte Jemma endlich mal eine Einladung zu einer todschicken Disco gekriegt, aber sie durfte nicht hingehen, weil ihre Mutter die Leute nicht kannte. War das vielleicht Jemmas Fehler? Hatte Jemma umziehen wollen? Hatte Jemma gewollt, dass ihr Vater diesen blöden Job in dieser miesen Stadt an diesem blöden Krankenhaus annehmen sollte? Ihre Mutter wusste, dass sie nur schwer neue Freunde fand, aber ihr Vater hatte diesen Job gewollt – »die nächste Stufe auf der Leiter der Medizinerkarriere«, hatte er gesagt – und das war's dann. Aber wer musste darunter leiden? Jemma. Und machte das ihrer Mutter etwas aus? Überhaupt nicht. Sie war viel zu sehr mit den Zwillingen und mit dem Ekelpaket Samuel beschäftigt und mit der Sorge, dass Jemma stets ein ordentliches Frühstück zu sich nahm und frische Socken anhatte, als dass sie sich um Jemmas psychologische Probleme hätte kümmern können. Wenn doch ihre Mutter nur einmal alle Seiten in den Illustrierten lesen würde, dann würde sie vielleicht endlich begreifen, dass ihre Tochter in einer sehr schwierigen Entwicklungsphase steckte. Aber Mama las nur die Rezepte und die Häkelanleitungen für Schonerdeckchen und Spitzengardinen.

Auch ihrem Vater waren die Sorgen seiner Tochter gleichgültig, denn er war viel zu sehr mit dem Aufschnibbeln von Leuten und dem Herausholen irgendwelcher Einzelteile beschäftigt, um sich um Jemmas emotionale Zerrissenheit zu kümmern. Ihre Eltern hatten keine Ahnung von ihren Problemen. Jemma überlegte, ob auf sie der Tatbestand der Kindesvernachlässigung zutraf. Sie hielt es für ziemlich wahrscheinlich.

In Jemmas Nachbarhaus hörte Jon Joseph die Musik von »East Seventeen« auf seinem neuen Walkman (den er sich von dem Geld, das er zu seinem fünfzehnten Geburtstag gekriegt hatte, gekauft hatte). So versuchte er, die ätzende Stimme seines Vaters zu übertönen, der gerade seine Golftasche packte und gleichzeitig seinem einzigen Sohn Vorwürfe wegen seiner Fehler machte. Der Grund war, dass Jon heute Abend zum *Stomping Ground* gehen wollte. Sein Vater hatte schon bei den Cornflakes mit dem Meckern angefangen und ohne Unterbrechung bis zu den zwei weich gekochten Eiern, dem Toast und den zwei Tassen Kaffee weitergemacht. Es war das Übliche: wie schade es sei, dass er nicht den gleichen Einsatz beim Lernen zeigen würde, dass die Welt ihm nichts schuldete und dass er, Henry Joseph, keine Ahnung hatte, wieso ausgerechnet er solch einen Sohn hatte. Okay, Jon gab ja zu, dass seine Noten in den letzten Tests nicht so besonders gewesen waren, aber warum sollte man sich bei einer Arbeit zu Tode quälen, die einem keinen Spaß machte? Außer ihm hatte niemand Eltern, die von ihren Kindern verlangten, dass sie am Wochenende für die Schule lernen sollten – obwohl Papa immer predigte: »Man kommt nie nach oben, wenn man sich dauernd vor der Arbeit drückt!«

Papa war gut im Herumtönen, aber Zuhören konnte er nicht. Er hatte hochfahrende Pläne: Jon sollte zur Universität gehen, Jura studieren und alle Prüfungen immer mit Eins bestehen. Niemand dachte auch nur einen Augenblick darüber nach, was Jon wollte. Er hörte dauernd von all den Opfern, die man seinetwegen brächte, damit er auf die Nobelschule Bellborough Court gehen konnte statt auf die, die sein Vater verächtlich »Mistgesamtschule« nannte. Jon hatte nie zur Bellborough Court gehen wollen. Er hatte nicht jeden Tag eine Stunde lang fahren wollen, bloß damit sein Vater, der alte Dicketuer, im Golfclub damit angeben konnte, dass sein Sohn auf eine Privatschule ging. Er wünschte, sein Vater würde mal ein bisschen zu sich kommen und merken, dass es im Leben auch noch was anderes als gute Zensuren gab. Und überhaupt, Jon würde heute in die Disco gehen, ganz egal, was passierte.

Drüben an der Wellington Road hatte Sumitha Banerji gerade ihren kleinen Bruder aus ihrem Zimmer verbannt und stand nun vor ihrem Spiegel, hielt ihr langes schwarzes Haar hoch über ihren Kopf, damit sie größer wirkte, und überlegte, ob sie die Seufzer-Hotline anrufen sollte. Ob dann ihre Eltern endlich mal begreifen würden, wie sie ihre Entwicklung behinderten, sie zu einer Außenseiterin machten und ihr jede Chance versauten, jemals Moderatorin bei der Sendung »The Word« zu werden? Sie durfte sich nicht die Haare abschneiden lassen, die Nägel lackieren oder Make-up benutzen. Darüber hinaus bestand ihr Vater darauf, dass sie jedesmal genau sagte, wohin sie ging, mit wem und wie lange. Diesmal hatte sie noch nicht einmal gewagt, die Disco auch nur zu erwähnen – sie wusste, was er antworten würde. Als sie das letzte Mal zum *Stomping Ground* gehen wollte, hatte ihr Vater gesagt: »Dorthin geht ein anständiges Bengali-Mädchen in deinem Alter nicht«, und ihre Mutter hatte bedauernd und ängstlich ihren Mann angesehen, aber kein einziges Wort zu Sumithas Verteidigung geäußert. Ihre Mutter war ein totaler Feigling, fand Sumitha.

»Wenn du in Kalkutta aufgewachsen wärst ...«, fuhr ihr Vater fort.

»Aber ich bin nicht in eurem Scheiß-Kalkutta aufgewachsen!«, hatte Sumitha gebrüllt.

»Ich schließe hiermit mein Plädoyer«, hatte ihr Vater erwidert. »Deine Sprache beweist, wie der Umgang mit deinen englischen Freunden deine Manieren verdorben hat. Die Antwort zur Disco ist nein und bleibt nein.«

Es war einfach ungerecht. Sie waren hier nicht in Kalkutta. Sumitha fuhr nur alle paar Jahre in den Ferien dorthin, um ihre Großeltern zu besuchen. Sie war in England geboren, ihre Freunde auch. Warum wollten ihre Eltern beides haben? Sie waren als Studenten nach England gekommen und hier geblieben, weil es in England bessere Berufsmöglichkeiten gab. Trotzdem beharrten sie darauf, ihre Tochter und ihren Sohn genauso zu erziehen, wie sie selbst damals in Indien erzogen worden waren. Ihr Vater sagte immer, langes Haar sei der Schmuck eines jungen Mädchens. Aber die Illustrierte *Teenie*! behauptete, mit kurzem Haar würde man erwachsener aussehen. Schon lange hatte Sumitha die Hoffnung aufgegeben, dass sie noch über ein Meter fünfundfünfzig hinauswachsen würde, und falls sie kurze Haare brauchte, um schick auszusehen, dann musste sie eben ihre abschneiden. Doch wie sie dann den unvermeidlichen Zorn ihres Vaters aushalten sollte, wusste sie noch nicht.

Das dringendere Problem im Augenblick war die

Disco heute Abend. Ihr Vater behauptete, Discos seien von Übel und unnötig. Mit ihrem Schauspielunterricht und ihren Tanz- und Ballettstunden war er einverstanden – das sei gut für Haltung und Gang, behauptete er in seiner wichtigtuerischen, kleinkarierten Art. Aber wenn man das Wort Disco auch nur erwähnte, bekam er ganz schmale Lippen und sah furchterregend aus. Sumitha, für die Tanzen eine Art Lebenselexier war, konnte den Unterschied zwischen dem einen und dem anderen Tanzen nicht erkennen.

Aber diesmal würde sie ihn mit seinen eigenen Waffen schlagen. Heute Abend waren ihre Eltern in einem vornehmen Hotel zu einem Ball eingeladen und wollten dort übernachten. Sie sollte deshalb bei Laura Turnbull schlafen. Ihre Eltern hatten nicht die leiseste Ahnung, dass genau in dieser Minute Laura ihre Mutter überredete, sie in die Disco zu lassen. Und falls Mrs. Turnbull anrief, um das Einverständnis von Sumithas Eltern einzuholen, würde sie ans Telefon gehen und sagen, es sei alles in Ordnung. Ihre Eltern fuhren nach dem Mittagessen weg und ihre Großmutter, die auf ihren kleinen Bruder Sandeep aufpassen sollte, sprach nicht gut genug Englisch, um zu telefonieren. Sie war sicher, dass alles klappen würde. Sie drehte das Radio lauter und sang den Hit mit. Ihr Vater konnte Popmusik nicht ausstehen. Pech für ihn.

Aber drüben in Thurburn Crescent gingen die Wogen am höchsten. Chelsea Gee schaute in den Bugsy-Malone-Spiegel, den ihre Schwester ihr aus Chicago mitgebracht hatte, und bürstete sich verzweifelt ihre störrischen kräuseligen Locken. Sie versuchte durch Willenskraft, den großen, hartnäckigen Pickel auf ihrem Kinn zum Verschwinden zu bringen. Sie hoffte, dass ihre Mutter ebenfalls verschwand, aber sie wusste, es war vergeblich. Ihre Mutter war noch nie sang- und klanglos im Hintergrund verschwunden, das war nicht ihre Art. Sie war Journalistin und schrieb regelmäßig eine Kolumne im *Echo* mit der Überschrift »Sprich dich aus«. Leider befolgte sie ihren eigenen Rat viel zu oft. Sie quasselte. Über Liebe, Sex, Mode (sie, die ihre meterbreiten Hüften in orangene Miniröcke zwängte) – sie quasselte und quasselte.

Gerade jetzt betete Chelsea inständig, dass niemand von ihren Freunden Radio hörte. Um zur Ungerechtigkeit auch noch Beleidigungen hinzuzufügen: Es war Chelseas Mutter, die sich gerade in Radio Leehampton wieder mal total lächerlich machte, und es war Chelseas Mutter mit ihrem riesengroßen Verständnis für die Sorgen von Teenagern, die gesagt hatte, Chelsea müsste spätestens um halb elf vom *Stomping Ground* zurück sein. So was nannten sie in Radio *Leehampton* »die verständnisvolle Mutter mit einem Herz für die Jugend«! (So was von Mogelpackung! dachte Chelsea.) Sogar Leute mit einem Spatzenhirn wussten, dass man bei seinen Freunden absolut unten durch war, wenn man *Stomping Ground* schon vor halb elf verlassen musste. Wenn der Radiosender auch hundertmal behauptete, dass Ginny Gees Zuhörerzahlen riesig waren – ihre Tochter war davon nicht im Geringsten beeindruckt.

Zur Erinnerung

Samstag, 9.30 Uhr

Lieber Barry,
kannst du bitte das Hackfleisch auftauen und Spagetti mit Soße Bolognese zustande bringen? Bloß kein Feinschmeckermenü, das essen die Kinder nicht. Ich bin als Studiogast im Radio – warum mach ich das bloß?
Übrigens bist du heute mit dem Kinderabholen dran. Ich hab Chelsea gesagt, sie muss um halb elf zu Hause sein. Sie ist oben und ziemlich eingeschnappt, weil wir ihr angeblich jeden Spaß verderben. Komisch – ich dachte, es wäre genau andersrum.

Bis später
Gin

P.S. Erinnere bitte Warwick an seine Choleraimpfung.
P.P.S. Im *Guardian* ist eine interessante Stellenanzeige – ich hab die Seite aufgeschlagen. Warum bewirbst du dich da nicht mal?

Chelsea unterhält sich mit Aardvark

Wer Chelsea an diesem Morgen beim Anblick ihres Spiegelbildes eine Grimasse ziehen sah, hätte nur unter Schwierigkeiten entdecken können, was um alles in der Welt solch eine Aufregung verursacht haben könnte. Sie sah toll aus – dichte Locken, goldbraune

Augen und so weiße Zähne, dass ihr Zahnarzt ihr vorgeworfen hatte, sie würde ihn arbeitslos machen.

Ihr Schlafzimmer sah ebenfalls hübsch aus – jedenfalls was man unter dem Berg von Illustrierten, hingeworfenen Klamotten, Plüschtieren, CDs und leeren Coladosen erkennen konnte. Über ihrem Bett hing eine tibetanische Windharfe und an der Wand zwischen den Postern von Ryan Giggs und den Diättips aus *Teenie*!, wonach man in siebzehn Tagen eine Supermodelfigur kriegen sollte, hingen Wandteppiche aus Peru, balinesische Marionetten und Poster von französischen Weinbergen. Alles Geschenke von Chelseas Schwester Geneva, die in ihren Semesterferien Rucksackreisen machte oder zu Weinlesen fuhr oder ausländischen Studenten beibrachte, wie man Englisch besser nicht aussprechen sollte.

An diesem besonderen Morgen war sich Chelsea jedoch sicher, dass ihr Leben total schief lief. Und wie immer in solchen Situationen unterhielt sie sich mit Aardvark, ihrem abgegrabbelten, aber extrem langlebigen Teddybär. Sie hatte ihn nicht Aardvark getauft, das ging auf das Konto ihrer sprachbegeisterten Mutter.

»Den haben wir dir als Erstes gekauft, nachdem du geboren warst«, hatte sie schon mindestens tausendmal gehört. »Und Aardvark ist das erste Wort im Wörterbuch.«

Andere Kinder haben Bären mit Namen wie Ted oder Pu oder Brummi, dachte Chelsea. Aber was sollte man von einer Mutter auch anderes erwarten, die ihre Kinder nach den Städten benannt hatte, in denen sie gezeugt worden waren? Geneva, Warwick, Chelsea. Gott sei Dank haben sie mit der Fortpflanzung aufgehört, nachdem wir nach Leehampton gezogen sind, dachte Chelsea. Man stelle sich nur vor – Lee Gee!

Chelsea sprühte sich Stylie in die Haare, das hübschen Mädchen fülligeres Haar versprach, und drehte das Radio lauter.

»Seu-heu-heufzer-Hotline auf 212 090 Neu-heu-heun.«

»Ach, halt die Klappe! Du willst einen Seufzer? Ich werd dir was seufzen! Das ist sie – meine Mutter – eure sogenannte Kummerkastentante. Kummer ist hier das entscheidende Wort.«

Dieses saublöde Programm war wirklich das Allerletzte – Chelsea hatte sich noch nie in ihrem Leben so geniert!

»Ich wette, dass kein anderes vierzehnjähriges Mädchen sich wöchentlich öffentlich so erniedrigen lassen muss. Noch dazu von der eigenen Mutter! Schlimm genug, dass sie dauernd in der Zeitung schreibt und ihre Falten am Ellenbogen vor dem gesamten Universum ausbreitet – aber wenigstens lesen meine Freundinnen im *Echo* nur das Horoskop.«

Chelsea bezog sich auf einen Artikel im *Echo* der letzten Woche, für den ihre Mutter als überschwängliche Kulturredakteurin verantwortlich zeichnete. Er hieß »Wann ist man zu alt für einen Mini?« und zeigte ein großes Foto mit der Unterschrift »Ginny Gee, die Mutter von drei Kindern, beweist, dass auch die Frauen über vierzig in weniger besser aussehen!«

»Ich seh doch nicht schlecht aus für fünfundvierzig?

Oder?«, hatte Chelseas Mutter geschnurrt.

»Du siehst sehr gut aus, Schatz«, hatte Chelseas Dad gemurmelt und dabei nur kurz vom *Monatlichen Feinschmecker* aufgeblickt. (Viele Jahre Erfahrung hatten ihn gelehrt, wann Schmeichelei angebracht war.)

»Kotze, zweimal Kotze«, hatte Chelsea geknurrt.

»Wie bitte?«, hatte ihre Mutter gefragt.

»Kess«, hatte sie brav geantwortet.

Doch der Artikel hatte Chelsea so erschüttert, dass sie zur Feder gegriffen und ein Gedicht über Mütter verfasst hatte, die ihre Kinder mit ihren Macken quälten.

Ode an die Mütter

Mütter sollen rund sein,
freundlich, sanft und lieb.
Mütter sollen schick sein
mit Röcken bis zum Knie.
Mütter sollen nicht Mini tragen,
das passt zu ihnen nicht,
denn hängen alle Falten raus,
dann lieben wir sie NICHT!

Sie hatte dieses Meisterwerk an eine Flasche Chardonnay im Kühlschrank gelehnt, weil sie – zu Recht! – annahm, dass ihre Mutter nach einem Tag harter Schreibarbeit sofort ein Glas Wein trinken wollte. Bis heute war die Reaktion ausgeblieben. Chelsea fühlte sich enttäuscht.

»Hier im Studio sitzt Ginny Gee vom *Echo* und will euch helfen, wie ihr mit peinlichen Situationen fertig werden könnt«, zwitscherte Dean aus den Tiefen von Chelseas Müllberg auf dem Teppich.

Na toll, dachte sie. Sie ist ja selbst eine einzige peinliche Situation! Wenn sie nur ein winziges bisschen Rücksicht auf meine Gefühle nehmen würde, dann würde sie sich pensionieren lassen und »Essen-auf-Rädern« chauffieren oder Kinderbücher schreiben, statt sich vor meinen Freundinnen so aufzuführen. Aber das ist ihr ja total egal.

»Ich wette, Lauras Mama wird sie bis Mitternacht dableiben lassen – aber Laura hat ja auch ein vernünftiges, ausgeglichenes menschliches Wesen als Mutter«, teilte sie Aardvark mit. »Vielleicht könnte ich Mrs. Turnbull dazu bringen, mal meine Mutter ein bisschen zu bearbeiten – schließlich sind sie Busenfreundinnen.«

Dieser Einfall gefiel Chelsea, und sie wollte gerade ihre beste Freundin anrufen, damit die ihrer Mutter das beibringen sollte, als ihr Vater sie rief.

»CHELSEA, KOMMST DU JETZT RUNTER UND HILFST MIR BEIM KOCHEN?«

O nein, das fehlt grad noch – Papa und seine kulinarischen Meisterwerke! dachte sie.

Mr. Gee war einer der Männer, die aus vollem Herzen ihr Dasein als *Neuer Mann* genießen. Seitdem »Frensham's Frische Nahrungsmittel« es für richtig befunden hatten, ihn als Marketing-Manager zu entlassen (Molkereiprodukte und Soßen), war er häufig in der Küche zu finden. Er hatte dann eine glänzende

Plastikschürze vorgebunden, die über und über voll gespritzt war, schuf ein exotisches Gericht für das Abendbrot oder kauerte unter der Treppe, wo er in einem alten Eimer Shiitake-Pilze züchtete. Er hatte entdeckt, dass er ein Talent zum Kochen hatte. Doch so alltägliche Dinge wie Spiegeleier, Bratkartoffeln und Erbsensuppe stimulierten seine kreativen Gelüste überhaupt nicht.

Chelsea seufzte. Sie liebte ihren Vater von ganzem Herzen, doch sie verstand ihn einfach nicht. Ihre Mutter lief – wie Chelsea fand – in total unpassenden Kleidern durch die Gegend, aber wenigstens machte sie sich Gedanken über das, was sie anzog. Doch ihr Vater sah in Anziehsachen lediglich ein Mittel zur Warmhaltung, und je älter und ausgefranster die Klamotten waren, desto mehr liebte er sie. Seine Favoriten waren momentan ein Sweatshirt mit einem beschwipsten Pinguin vorn drauf und ein Paar Wildlederschuhe aus den Siebzigern.

»CHELSEA, NUN MACH SCHON – ICH BRAUCH EINE KÜCHENHILFE!«

Chelsea seufzte wieder. »Was habe ich mit seinen Feinschmeckergerichten zu tun? Warum kann er nicht mal Fischstäbchen machen?«

»CHELSEA! LOS! ICH BRAUCH HILFE!«

»ICH KOMME!« Alles ist natürlich Mamas Schuld. Wenn sie, wie eine ordentliche Mutter, hier wäre, dann könnte ich auch eine normale Kindheit haben. Warwick hat wahrscheinlich auch so viele Macken, weil er von unserer Mutter vernachlässigt wurde.

Warwick war ihr neunzehnjähriger Bruder, der das

Kinn voller Pickel hatte und Baumchirurg werden wollte. Warwick lief wie ein lebender Zombie durchs Leben, was Chelsea Sorgen machte, denn in ein paar Wochen wollte er mit dem Rucksack nach Indonesien reisen und Bambuswälder und Banyanbäume besichtigen.

»Ich bezweifle«, hatte Chelsea ihren Freundinnen erzählt, »dass er es überhaupt bis zum Flughafen schafft.«

Chelsea hatte Warwick gefragt, was er davon hielt, dass ihre exhibitionistische Mutter jetzt beim Radio war.

»Die brauchen die Kohle«, sagte er und schielte nach einem Ast, der wie tot aussah, aber von dem er ihr erklärte, eines Tages würden hier Kirschblüten wachsen. »Halt mal die Rosenschere, Chelsea.«

So weit die brüderlichen Ratschläge.

»CHELSEA! ICH FRAG DICH NICHT NOCH MAL!«

»KOMME SCHON!« Sie polterte nach unten und knurrte immer noch, wie ungerecht das Leben war.

»Wieder mal am Brummeln, Chelsea? Das sind erste Anzeichen von Verrücktheit, wenn man mit sich selbst redet!«, sagte ihr Vater.

»Nur so kann hier eine vernünftige Unterhaltung zustande kommen«, gab Chelsea zurück. »Was soll ich tun?«

Sofort wandte sich ihr Vater seiner Kochtätigkeit zu und ergriff energisch einen Holzlöffel.

»Gut. Wir machen Pastel de Choclo und wir müssen schnell arbeiten.«

Ich liebe dieses »wir«, dachte Chelsea. Obwohl – Schokolade klang gar nicht so schlecht.

Ihr Vater holte ein gefrorenes Stück Hackfleisch aus dem Tiefkühlschrank und untersuchte es mit der Hingabe eines Chirurgen, der gleich operieren will.

»Wo ist denn die Schokolade?«, fragte Chelsea.

»Das heißt doch nicht Schokolade, du Dummerchen – das ist ein chilenisches Gericht mit Fleisch, Mais, Eiern, schwarzen Oliven und massenhaft Rosinen ...«

»WÜRG! Das klingt aber mega-eklig!«

Ihr Vater lächelte sie gütig an. »Du solltest etwas mehr Sinn für Abenteuer entwickeln, Chelsea – es gibt in dieser Welt Unmengen von Geschmacksnuancen und du willst immer nur Brathähnchen und Butterkuchen. Du wirst deinen Gaumen nie erziehen, wenn du nicht mal ein paar neue Gerichte ausprobierst.«

Chelsea zog es vor, hierauf nichts zu erwidern.

»Pa ...?«

»Ja?«

»Was hältst du eigentlich von diesem Radiokram, den Mama da macht? Das wird doch alles ein bisschen viel, findest du nicht?«

»Mmmm – was?« Ihr Vater warf gerade einen Blick in die Speisekammer und fegte dabei Gewürzgläser vom Küchenbord.

»Dieser Radiokram, Pa – kannst du ihr nicht sagen, dass sie damit aufhören soll?«

»Warum denn in aller Welt? Sie macht das unheimlich gern. Außerdem kann sie solche Sachen wirklich klasse. Anderen Leuten den Marsch blasen, das war schon immer ihre Stärke. Sie ist jemand, der sich dauernd einmischen muss.« Er sah genauer in die Speisekammer. »Jemand hat fast alle Rosinen gegessen – das fehlte mir gerade noch!« Er sah Chelsea vorwurfsvoll an.

»Sieh mich nicht so an – wahrscheinlich hat Warwick sie gefressen«, sagte Chelsea.

»Verdammt noch mal! Sie sind eine äußerst wichtige Zutat.«

»Mach dir keine Sorgen, du kannst doch Spagetti mit Soße machen.« Chelsea war erleichtert.

»Nein, nein, jetzt ist eigene Kreativität gefragt. Ich überlege gerade, ob wir stattdessen nicht Pflaumen nehmen können.«

Chelseas Magen reagierte mit einer heftigen Drehung. Sie wollte lieber nicht weiter darüber nachdenken.

»Aber Papa, hör doch mal! Wenn Mama immer diese schrecklichen Sachen für die Zeitung schreibt oder im Radio über das erste Mal Sex und so 'n Kram spricht, schämst du dich dann nicht in Grund und Boden?«

»Aber warum denn in aller Welt? Solange ich das nicht selber machen muss. Oder ihre Ratschläge befolgen.«

Er lachte über seinen eigenen Witz.

»Eigentlich bin ich sogar ziemlich stolz auf sie.« Er schnitt jetzt Zwiebeln klein.

»Außerdem macht es ihr Spaß – auch eine Art der Selbstverwirklichung, möchte ich meinen.«

Genau da kam Warwick in die Küche geschlendert.

Sein langer, dürrer Körper schien sich in seiner Umgebung nicht wohl zu fühlen und auf seinem Gesicht lag der Ausdruck ständiger Verwirrtheit.

»Ich muss jetzt ins Garten-Center«, murmelte er und sah Chelsea durch seine Brille an. »Hast du da im Gesicht einen Pickel, Chelsea?«

»Hau schon ab und pflanz was ein!«, fauchte Chelsea.

Warwick nahm sich eine Hand voll klein geschnittener Zwiebeln und eine Olive.

»Deine Mutter sagte, ich soll dich an deine Choleraimpfung erinnern«, sagte sein Vater. »Wir wollen doch nicht, dass du dir irgendwas in deinen Eingeweiden holst.«

Warwick wurde blass, legte die Olive wieder hin und verschwand.

»Stell mal das Radio im Wohnzimmer an, damit ich deine Mutter hören kann, ja?« Ihr Vater holte geduldig eine andere Zwiebel aus dem Korb und schnitt sie sorgfältig klein. Er hatte das Fleisch, die Eier und die Oliven in eine Schüssel getan und sah alles bewundernd an.

Chelsea floh nach oben und warf sich auf den Fußboden. »Ich schalte aus, wenn der Song zu Ende ist, egal ob dir das gefällt oder nicht«, sagte sie streng zu Aardvark. »Ich halte sie nicht aus – sie macht bestimmt wieder einen auf tugendhaft und scheinheilig und gibt mütterliche Ratschläge in Sachen Tampons und Freundschaften – und ich schwöre dir, dass alle meine Freundinnen zuhören. Dabei ist sie so hinterm Mond, du brichst zusammen, mit was für Krempel sie da ankommt. Oder sie will ganz cool klingen, als ob sie alles voll drauf hat – und dabei merkt jeder sofort das Gegenteil.«

»Und jetzt ist Ginny Gee dran und erzählt uns, was …«

»O nein! Es geht los. Sie ist dran. Ich mach aus.« Chelsea drehte an den Knöpfen. Stille. Chelsea knabberte an ihren Fingernägeln. Dann stellte sie das Radio wieder an.

»Ich kann nicht – ich muss das Schlimmste wissen! Ich kann da nicht zuhören! Ich muss zuhören! Bitte, BITTE, lass sie normal sein! Nur dieses eine Mal! Bitte!«

Chelseas Appell an die höheren Mächte wurde durch das Klingeln des Telefons unterbrochen.

Wär besser, das ist für mich, dachte sie. Ich brauche eine Ablenkung von diesem tragischen Leben hier.

Laura bittet Chelsea um Hilfe

»Leehampton 554901 – Chelsea …«

»Hallo, Chelsea? Ich bin's, Laura.«

Na toll, dachte Chelsea. Jetzt hilft mir jemand wegen heute Abend.

Aber Laura wollte etwas anderes. »Hör mal, ich muss ganz schnell machen, denn wenn Mama mich am Telefon erwischt, gibt es Stunk. Sie hat gerade ihre ›Wenn du die gleiche Zeit in deine Hausaufgaben investieren würdest, die du vertelefonierst, dann wärst du immer noch Klassenbeste‹-Tour. Ich hab total vergessen, dass wir am Montag unsere Geschichts-Hausaufgabe abgeben müssen. Mama denkt, ich bin in meinem Zimmer und amüsier mich mit den Ursachen und Folgen der Bauernkriege.«

»Bist du sicher? Doch nicht DIESEN Montag! Kann ich mal bei dir reinlinsen?«, bettelte Chelsea. Laura war jemand, die in zehn Minuten drei DIN-A4-Seiten voll schreiben konnte, auch wenn sie keine Ahnung vom Thema hatte. Sie war das, was Mrs. Hopkirk einen Überflieger nannte.

»Klar, wenn du willst – wird dir bloß nicht viel nützen. Bis jetzt hab ich genau zwei Sätze. Mich beschäftigt nämlich was viel Wichtigeres. Weißt du, deine Mama ist gerade im Radio …«

»Ich weiß, ich weiß.« Chelsea stöhnte. »Sie ist auf dieser Seufzer-Hotline. Aber mich trifft da keine Schuld. Es ist grauenvoll, es ist scheußlich, aber ich kann es nicht verhindern. DU kannst das Radio abschalten, ICH muss mit ihr leben.«

»Du weißt überhaupt nicht, wie gut es dir geht! Wenigstens sieht deine Mutter ein paar Sachen völlig richtig und –«

Chelsea schnaubte vor Entrüstung. »Die? Komm schon! Meine Mutter hat von gar nichts eine Ahnung!«

»Dann versuch's doch mal mit meiner! Deine Mutter ist echt cool. Ich meine, sie kann einfach über alles reden. Zu meiner musst du nur ›Junge‹ sagen und schon kriegt sie einen lila Kopf und denkt, ich würde bei einer Orgie mitmachen. Dabei hat sie es gerade nötig«, fügte sie verächtlich hinzu.

»Meine ist so mit den Problemen von aller Welt beschäftigt, dass sie nicht mal merken würde, wenn ich bei einer Orgie wäre«, knurrte Chelsea, während sie im linken Ohr popelte. »Egal, was wolltest du gerade sagen?«

»Na ja, du weißt doch, man soll da anrufen und erzählen, was einem peinlich ist und so. Außerdem kann man auch noch einen Preis gewinnen – obwohl sie noch nicht gesagt haben, was das ist...«

»Ich wette, ein Tag in der *Echo*-Redaktion mit meiner Supermutter«, wurde sie von Chelsea unterbrochen.

»Oh, das wäre spitze!« Laura klang ganz begeistert. »Das könnte ich für mein Buch gebrauchen.«

Manche Leute sind wirklich leicht zu beglücken, dachte Chelsea. Aber Laura hatte nun mal den Hang zur Schriftstellerei. Sie schrieb für die Schulzeitung, ohne dass man sie darum zu bitten brauchte, und las alle möglichen schlauen Bücher. Chelsea hingegen zog jedes Reagenzglas einem Tolkien-Schmöker vor und braute lieber giftiges Gas, als dass sie einen Aufsatz schrieb.

»Wie auch immer«, fuhr Laura fort, »ich hab mir gerade überlegt, ob ich anrufen sollte, damit deine Mutter meine Mutter mal ein bisschen bearbeitet – du weißt schon, diese blöde Sache mit dem Knilch Melvyn. Bevor sie sich noch völlig zum Trottel macht.«

»Och, ehrlich, Laura, das kannst du doch nicht machen! Meine Mutter erkennt bestimmt deine Stimme, und was glaubst du, wessen Partei sie ergreift? Die beiden sind doch die dicksten Freundinnen.«

»Na, genau deshalb!«, sagte Laura triumphierend. »Wenn ich anrufe und einen anderen Namen sage, aber die richtigen Einzelheiten erzähle, dann wird deine Mutter sich denken, dass ich es bin. Wenn sie erstmal schnallt, was für Höllenqualen ich wegen dem Benehmen meiner Mutter erleiden muss, wird sie ihr ins Gewissen reden und ihr sagen, dass sie mein Leben nicht ruinieren soll. Deine Mutter versteht was von solchen Sachen. Und weil meine Mama deine für ein Superweib hält, wird sie das ernst nehmen und sich danach verhalten.«

»Da wär ich mir nicht so sicher«, murmelte Chelsea, denn die Erfahrung hatte sie gelehrt, dass Leute über fünfundzwanzig selten auf andere Rücksicht nehmen.

Laura seufzte. »Du, ich muss einfach was unternehmen, ich halte das nicht mehr aus. Dieses Knutschen vor dem Supermarkt vor allen Leuten hat mir einfach den Rest gegeben. Ich bin fast gestorben! Denk doch nur: in IHREM Alter! Also sag mal, kann ich eben zu dir kommen und von dir aus telefonieren? Von hier geht es auf gar keinen Fall. Das merkt meine Mutter bestimmt.«

Chelsea hielt das für keine gute Idee, aber sie kannte Laura gut genug, um zu wissen, dass man die von einem bereits gefassten Entschluss nicht mehr abbringen konnte. Es war leichter nachzugeben.

»Na gut, von mir aus, aber du musst schnell machen. Ich sag dir was: Ich ruf an, sag einen falschen Namen und dann haben sie dich auf der Anruferliste. Aber beeil dich.«

»Super. Danke.« Laura holte tief Luft. »Ich wünschte, ich hätte eine normale Mutter, so eine wie deine.«

»Du kannst doch nicht in einem einzigen Satz meine Mutter und das Wort normal erwähnen. Bis gleich.«

Jon wehrt sich

Laura war nicht die Einzige an diesem Samstagmorgen, die Ärger mit ihren Eltern hatte. Drüben, in Billing Hill, wo die Häuser so tolle Namen wie Chatsworth oder Broadsland hatten, weil es sich nach dem Willen ihrer Besitzer so anhören sollte, als ob sie in Herrenhäusern lebten, hatte Jon Joseph Streit mit seinem Vater. Wieder mal. Oder – anders ausgedrückt – Mr. Joseph meckerte rum, während Jon aus seinem Walkman laute Popmusik hörte und dabei den Lippenbewegungen seines Vaters zusah.

Niemand hätte die beiden auch nur für entfernt verwandt gehalten. Mr. Joseph war puterrot im Gesicht, ziemlich übergewichtig und hörte sich gern reden. Jon war mager, ja geradezu knochig, und sein Haar lockte sich in seinem Nacken – weshalb eine Reihe von Mädchen an seiner Schule für ihn schwärmte. Seine langen Beine waren von den Wochenenden auf seinem Mountainbike immer gebräunt und wurden ebenfalls von den Mädchen sehr bewundert.

»Nun nimm schon endlich diese verdammten Dinger aus den Ohren, wenn ich mit dir rede«, brüllte sein Vater Henry und riss ihm den Kopfhörer runter. »Wahrscheinlich hast du kein einziges Wort von dem gehört, was ich dir gesagt habe«, polterte er und sein Dreifachkinn wackelte, als er noch einen Golfschläger in seine Tasche rammte.

»Das macht nichts«, gab Jon zurück, »ich hab das alles schon tausendmal gehört. Wie geht es noch mal – ›Nach allem, was wir für dich getan haben, ist es wohl das Mindeste, was du tun kannst, dass du dich in der Schule mehr anstrengst.‹ Ach ja, und dann sind da noch die Sprüche ›Der liebe Gott hat dir einen Verstand gegeben – nun benutz ihn auch‹ und ›Hätte ich doch nur damals all die Möglichkeiten gehabt wie du heute‹. Hab ich was ausgelassen?«

»Du kannst manchmal rotzfrech werden, Jon«, sagte sein Vater. »Du weißt, wie gern du nach Cambridge gehen willst und –«

»He, halt mal die Luft an!! ICH will nach Cambridge? Keine Spur. Ist es nicht viel eher so, dass du und Mama schon vor Urzeiten beschlossen habt, dass nur Cambridge in Frage kommt? Und nur, damit du im Golfclub und im Rotary Club angeben kannst!«

Sein Vater starrte ihn wütend an. »Jetzt hörst du aber auf, Jon ...«

Genau da kam Jons Mutter mit einem Armvoll Blumen in die Küche getrippelt. Sie war klein, besonders im Vergleich zu der massigen Gestalt ihres Gatten. Sie trug einen Kaftan aus Chiffon und gestickte Pantoffeln und sah aus, als ob der leiseste Windhauch sie wegpusten könnte. Das war irreführend. Sie war viel zäher, als sie aussah.

»Aus dem Weg, ihr beiden – ich muss bis elf die drei Brautjungfernsträuße fertig haben.« Sie ließ die Blumen auf den Tisch fallen und griff nach der Schere.

»Ich habe nur versucht dem jungen Mann ein paar Dinge klarzumachen, Anona«, fauchte ihr Mann. »Ich sagte ihm, jemand mit seinem Verstand sollte …«

Mrs. Joseph hatte das alles schon oft gehört und schwieg, während sie ein paar Rosenblüten an einem Drahtrahmen befestigte.

»Papa, willst du mir ein einziges Mal wenigstens zuhören!«, brüllte Jon. »Ich habe überhaupt nicht diese Wahnsinnsintelligenz, von der du dauernd redest. Das bildest du dir nur ein. Solange ich zurückdenken kann, hieß es immer, Jon ist so ein schlauer Bursche, er wird bestimmt mal nach Cambridge gehen, nicht wahr, Johnnie? Nein, werd ich nicht, damit das klar ist.«

Mr. Joseph nahm ständig rosa Pillen wegen seines Bluthochdrucks, und deshalb färbte sich sein ohnehin schon puterrotes Gesicht langsam lila. Er schnappte sich die Golftasche und ging zur Hintertür.

»Na, dann sieh mich nur an, das ist alles, was ich dazu sage!«, protestierte er. »Musste die Leiter ganz aus eigenen Kräften hochklettern, Stufe für Stufe. Keiner hat mir am Anfang geholfen. Ich hab das, was ich heute bin, einzig und allein durch meine Entschlossenheit und meinen Schneid erreicht. Dir wird alles auf dem Silbertablett gereicht und du weißt es nicht mal zu schätzen.« Er knurrte missbilligend und wandte sich seiner Frau zu. »Ich geh jetzt – vielleicht kannst DU ja deinen Sohn zur Vernunft bringen.«

Mrs. Joseph wusste, dass Jon immer dann ihr Sohn war, wenn er sich nicht so benahm, wie sein Vater es wollte. Aber er war immer sein Sohn, wenn er eine Eins geschrieben hatte.

Als die Hintertür noch vom Abgang seines Vaters zitterte, sah sie ihren Sohn an. »Warum musst du deinen Vater so in Rage bringen, Jon? Du weißt doch, dass er unbedingt will, dass du was aus deinem Leben machst.«

Jon setzte sich neben seine Mutter auf einen Küchenhocker. »Aber meine Vorstellungen von Erfolg und seine sind total entgegengesetzt – ich will doch nicht mein ganzes Leben in einem miesen Büro zubringen und irgendwelche Formulare ausfüllen«, murrte er.

Seine Mutter seufzte. Sie sagte ihre Meinung nicht oft – ihr Mann machte das oft genug –, aber sie konnte Jon verstehen. »Er will doch nur, dass du all das hast, was er so gern gehabt hätte, aber nie erreichte.« Sie wollte sich ihrem Mann gegenüber nicht unsolidarisch verhalten.

»Aber ich bin nicht wie Papa. Ich will nicht das, was er wollte. Ich will auch nicht so werden wie er. Ich will nicht studieren. Und ich will auch nicht auf eine Schule müssen, wo ich ...«

Seine Mutter unterbrach ihn. »Einen Moment. Auf eine Schule müssen? Hast du überhaupt die leiseste Ahnung, was eine Schule wie Bellborough Court kostet? Welche Opfer dein Vater bringt, um das Schulgeld zu bezahlen? Warum ich immer noch diesen langweiligen alten Job habe, nur damit wir über die Runden kommen? Wir geben dir doch nur den bestmöglichen Start für dein Leben.«

»Es ist aber mein Leben, falls du das noch nicht gemerkt hast!«, schrie Jon. »Ich bin erst fünfzehneinhalb – jeder könnte denken, ich müsste schon morgen Abitur machen. Ich hab euch nie gebeten dieses Schulgeld zu bezahlen, ich hätte auch auf die Lee-Hill-Schule gehen können, wohin alle meine Freunde nach der Grundschule gegangen sind. Aber Papa hat das ja nicht erlaubt!«

»O Jon, wie kannst du die Lee-Hill-Schule nur mit Bellborough Court vergleichen? Sei doch nicht albern – die meisten Kinder würden sonstwas dafür geben, wenn sie auf eine solche Schule könnten.« Und die meisten Mütter würden sonstwas dafür geben, wenn sie nicht an den Wochenenden jobben müssten, um das zu bezahlen, dachte sie bei sich und wurde sofort wegen ihrer Selbstsucht von Schuldgefühlen überrollt.

Jon seufzte. Es hatte keinen Sinn zu diskutieren. Er hatte viele Freunde in Bellborough Court, aber die wohnten alle weiter weg. Sein bester Freund Rob war an der Lee Hill, und Gavin, Ben und Doug gingen auch dorthin. Wie es aussah, waren sie sehr erfolgreich. Außerdem hatten sie noch jede Menge Spaß. Doch für seinen Vater zählte Spaß nicht. Ha! Aber Jon würde dafür sorgen, daß er heute Abend mal Spaß hatte.

»Ach, übrigens, Robs Vater holt mich um halb acht zur Disco ab.«

Seine Mutter nickte. »Wie nett für dich. Aber

glaube nur nicht, dass dein Vater das in Ordnung finden wird.«

»Er ist ja auch nicht eingeladen. Und überhaupt – schließlich besteht ja nicht mein ganzes Leben nur aus Arbeit. Ich will auch mal ein bisschen Spaß haben. Wolltest du dich denn nie amüsieren, als du so alt warst wie ich?«

Seine Mutter schwieg. Als sie so alt war wie Jon, hatte sie eine Menge gewollt, und nichts davon hatte sie erreicht. Deshalb war es so wichtig, dass Jon sich seine Chancen nicht verbaute. Aber sie wollte auch, dass er glücklich war. In letzter Zeit hatte er bedrückt gewirkt, als ob er über etwas reden wollte und es nicht rausbekam. So ähnlich war ich bei meiner Heirat mit Henry auch gewesen, dachte sie wehmütig.

Jon nahm ihr Schweigen als viel versprechendes Zeichen. »Eigentlich glaube ich, dass ich dir ähnlicher bin als Papa. Ich meine, du bist doch echt stark mit Farben und Mustern und so. Sieh mal, was ich wirklich möchte, ist ...«

»Ja, Jon? Was WILLST du denn nun? Oder treibst du nur ziellos durchs Leben?« Wie ich, dachte sie. Er soll nicht so enden wie ich.

Jon hob den Kopfhörer vom Boden auf. »Ich werde es dir verraten. In diesem Augenblick will ich nur noch hier rauskommen und diese ganze Meckerei so weit wie möglich hinter mir lassen. Ich hau ab.«

»Jon, wo willst du hin? Jon, komm zurück – ich hab doch nicht – sag mir doch, was ...«

Aber Jon war weg.

Laura stürzt

Laura verabschiedete sich von Chelsea, legte den Hörer auf und schnappte sich ihre Jacke von dem einsamen Haken in dem winzigen Flur, stolperte über den Regenschirm ihrer Mutter und schleuderte mit einem Tritt das Telefonbuch aus dem Weg. Dieses widerliche kleine Haus war wirklich das Allerletzte. Sie wusste genau, dass sich die anderen hinter ihrem Rücken deshalb das Maul zerrissen. Ihr altes Haus hatte große Zimmer gehabt und reichlich Platz, um Unordnung zu machen – das hier war nicht größer als eine Hundehütte und nur halb so hübsch. Es hatte keine Atmosphäre, keine Ausstrahlung und war einfach nicht die richtige Umgebung für einen schöpferischen Geist. Sie begriff nicht, warum ihre Mutter es genommen hatte – aber momentan bemerkte ihre Mutter weder die Schande dieses Umzugs in die Nummer 18 von Wordsworth Close, sondern hatte auch nicht geschnallt, wie viele oberpeinliche Dinge in ihrem Leben geschahen. Mama hatte sich verändert und Laura fand das nicht gut. Kein bisschen. Und überhaupt, sie hatte nicht die geringste Lust, sich damit auch nur noch einen Tag länger abzufinden.

Laura sah ihrer Mutter überhaupt nicht ähnlich – ihre Mutter war blond, während Lauras Haar kastanienbraun war wie das von ihrem Vater. (»Und das dazu passende Temperament«, brummelte ihre Großmutter von Zeit zu Zeit.) Lauras Mutter war schlank, während Laura eher ein bisschen rundlich war. (Das hing damit zusammen, dass Laura in Schokoladenkeksen, Käse- und Zwiebelchips lebenswichtige Nahrungsmittel sah, die in regelmäßigen Zeitabständen verschlungen werden mussten.) Lauras Mutter war außerdem sehr zuverlässig, cool, ruhig und beherrscht, was niemand, nicht einmal Laura selbst, von Laura behaupten konnte. Ihre Mutter benahm sich in jeder schwierigen Situation super, aber Laura verlor bei der leisesten Provokation die Beherrschung.

»Virginia Woolf war genauso«, erzählte sie ihren Freundinnen immer dann, wenn die ihre Ausbrüche satt hatten. Aber dieser Vergleich hatte die nicht besonders beeindruckt.

Nachdem ihr Vater ausgezogen war, wollte ihre Mutter wieder einen Job suchen. Laura fand das keine gute Idee, obwohl eine gut verdienende Mutter keinen Grund mehr hatte, den Kauf von neuen Klamotten zu verbieten. Laura genierte sich bei dem Gedanken, dass die Leute denken könnten, ihre Mutter müsste arbeiten, weil sie das Geld brauchten.

Laura und ihre Mutter hatten sich immer toll verstanden – bis Melvyn auftauchte. Laura gab ihm die Schuld, dass ihre Mutter sich verändert hatte. Mittlerweile wusste Laura gar nicht mehr, woran sie war: An einem Tag war Mama ganz unbeschwert und sorglos, am nächsten riss sie jedem den Kopf ab und verkündete neue Verhaltensregeln, vom Apfelgriebsch unterm Bett bis zur Dauer von Lauras Telefongesprächen. Dabei dauerten die wirklich nie besonders lange.

Alle naselang kam Melvyn zum Abendbrot oder

zum Rasenmähen oder half ihrer Mutter, das Klo zu tapezieren. Immer grinste er Laura so widerlich an und tat so, als ob er ihr bester Kumpel wäre. Das war zu viel für sie.

Nach Großmutters Ansicht brauchten sie Zeit, um sich an die neue Situation zu gewöhnen. Sie meinte, dass Laura ihrer Mutter in dieser schwierigen Zeit ruhig ein bisschen helfen könnte. Sie strengte sich ja ordentlich an mit dem Nettsein, aber manchmal gab es Zeiten, da hätte sie am liebsten losgekreischt: Was ist mit meinem Leben? Hab ich vielleicht Papa in die Arme von diesem Biest Betsy getrieben? War ich es vielleicht, die die Koffer gepackt hat und von unserem schönen Haus in Preston Abbott (wo ich meine eigene Dusche hatte und einen riesigen Garten, in dem ich meinen ersten Roman schreiben wollte) in diese heruntergekommene kleine Hütte in diesem schrecklichen Neubauviertel gezogen ist, mit einem Rasen, so groß wie eine Briefmarke? Aber ich bin es, die alles ausbaden muss! Mein Leben wird zu einem ganz entscheidenden Zeitpunkt ein für alle Male ruiniert, meine soziale und intellektuelle Entwicklung wird schändlich behindert! Ich gehöre zu der Sorte Leute, mit denen sich Talkshowtanten immer so verständnisvoll in gedämpftem Ton unterhalten.

Sie zerrte ihr Rad aus der kleinen voll gestopften Garage und brüllte ihrer Mutter zu, dass sie zu Chelsea rüberwollte. Sie strampelte so schnell sie konnte bis zur Church Farm Road. Chelsea wohnte nur drei Minuten weit weg in dem schicken Thorburn Crescent, wo die Häuser Vorgärten hatten und die Auffahrten mit teuren Autos voll standen. Chelseas Familie war richtig reich – na ja, Chelsea behauptete zwar, das stimme nicht, aber Laura war da anderer Ansicht. Chelseas Mutter war Journalistin und machte zusätzlich Sachen im Radio. Sie kaufte ihre Klamotten in Boutiquen statt in Kaufhäusern, und außerdem lächelte sie immer.

Laura hatte bemerkt, dass es Leute mit Kohle viel leichter hatten, gut gelaunt zu sein, als Leute, die darüber grübelten, ob sie zuerst die Gasrechnung bezahlen oder was zu essen kaufen sollten. Und obwohl Chelseas Vater im Augenblick arbeitslos war, gingen sie an den Wochenenden noch immer auswärts essen und liehen Videos aus, ohne dass jemand sich über zwei Pfund und 50 Pence beschwerte. Laura seufzte. Chelsea hatte alles. Sie kriegte sogar Einsen in Physik und Chemie.

Ich wette, Chelseas Mutter brüllt sie nie an, dachte sie, als sie an einer Ampel warten musste. Denn SIE weiß ganz genau, welchen Schaden man damit Kindern zufügt. Ich bin mir ziemlich sicher, dass Mrs. Gee sich nie mit so einem alten Schnarchsack wie Melvyn eingelassen hätte, wenn sie stattdessen Papa haben könnte.

Und da gab es noch eine Sache, um die Laura Chelsea beneidete – ihr Vater lebte noch zu Hause.

Alle Welt war bass erstaunt gewesen, als Lauras Vater auszog. »Er schien doch immer so ein zuverlässiger Typ zu sein«, hatte Lauras Onkel gesagt.

»Merkwürdig«, hatte Lauras Tante gemurmelt.

»Wo er doch Wirtschaftsprüfer ist«, schniefte Mrs.

Bramhill von nebenan, als ob die Fähigkeit, Gewinn und Verlust berechnen zu können, die Garantie für eine ewig währende Ehe sei.

Ihr Vater war zum Biest Betsy gezogen – wahrscheinlich, um über den Schmerz hinwegzukommen, dass er von ihrer Mutter zurückgewiesen worden war, vermutete Laura. Er konnte das Biest Betsy nicht ernsthaft besser finden als Mama – Betsy hatte schwarze Haare und eine große Nase und trug Kilts und Pullover mit Spitzenkragen. Außerdem pflückte sie am Straßenrand irgendwelchen Pflanzenkram ab und machte daraus Wein und anderes seltsames Gebräu.

Laura fand es ziemlich wahrscheinlich, dass sie ihren Vater wegen seines Geldes gekrallt hatte (das Geld, sagte Mama, das sie nie zu sehen gekriegt hatte). Nun braute sie Holunderblütenwein, um darin das Arsen zu verbergen, mit dem sie ihn umbringen wollte.

Laura erzählte ihrer Großmutter, dass ihrer Meinung nach das Biest Betsy irgendwas im Schilde führte, und fragte sie, ob sie nicht lieber zur Polizei gehen sollten. Aber Großmutter hatte gemeint, Laura würde gern übertreiben, und gab Agatha Christie, Ruth Rendell und anderen Krimiautorinnen die Schuld.

Laura fand, dass ihre Mutter sich ihrem Vater gegenüber wirklich grässlich benahm. Erst gestern hatten sie einen Riesenkrach gehabt. Lauras Großmutter kam freitags immer zum Essen und hatte gefragt: »Hast du den Scheck von Peter gekriegt?« Lauras Mutter hatte geantwortet: »Was denkst du denn?

Wann hat dieser Mann jemals zehn Pence hergegeben, wenn er nicht unbedingt musste?«

Laura fühlte sich ziemlich miserabel, weil ihre Periode fällig war, weil sie eine Vier in Biologie gekriegt hatte, Leberauflauf nicht ausstehen konnte, und weil sie ihren Papa lieb hatte und ihn hasste, weil er nicht da war. Sie brach in Tränen aus. »Du bist immer so gemein zu Papa! Deshalb ist er auch weggegangen – kein Mensch hält es mit DIR aus! Ich hasse dich! Ich wünschte bloß, ich müsste nicht in diesem Loch leben!« Sie stand auf und stürmte aus dem Zimmer.

Laura warf sich aufs Bett und machte beim Heulen so viel Krach wie möglich, damit ihre Mutter aus lauter Schuldgefühlen sagen sollte, es täte ihr Leid und sie hätte eingesehen, dass alles ihr Fehler war. Sie würde ihren Vater bitten, er solle das Biest Betsy verlassen und wieder zurückkommen und mit ihnen leben, und alles wäre wieder in Ordnung. Doch nach zwanzig Minuten heftigem Schluchzen und lautem Jaulen merkte sie, dass ihre Mutter sie überhaupt nicht beachtete, obwohl sie sich vom Bett auf den Fußboden geschmissen hatte (was mehr weh getan hatte, als sie gedacht hatte). Das war das Problem, dachte sie, als sie im Leerlauf den Billing Hill zu Chelseas Abzweigung fuhr. Ihre Mutter nahm ihre Gefühle und ihre Meinung überhaupt nicht mehr zur Kenntnis. Genau gesehen war ihrer Mutter alles egal, von der abblätternden Farbe auf den Fenstersimsen bis hin zu der Tatsache, dass Melvyn ein humorloser Knilch mit einem Teiggesicht war. So, als ob ihr alles schnurzpiepegal wäre. Was hatte ihre Mutter immer zu ihr gesagt, wenn sie als kleines Mädchen einen Wutanfall kriegte? »Was ich nicht weiß, macht mich nicht heiß.« Also gut, dann musste Laura jetzt mal was unternehmen.

Sie war so in Gedanken versunken, dass sie das rote Mountainbike, das von links aus einer Einfahrt geschossen kam, nicht sah.

Sie sah es erst, als sich sein rotes Vorderrad mit ihrem verheddert hatte. Es machte ein schreckliches Quietschgeräusch, ein Knirschen, und dann fand sie sich wieder, wie sie von unten ein in der Luft drehendes einsames Rad sah und einen Jungen mit bildschönem Lockenhaar und tollen Beinen, der ausgesprochen wütend guckte.

»Bist du verrückt, oder was?«, schrie er und wickelte die Halterung seines Walkmans von der Lenkstange ab, während er versuchte, das Gleichgewicht zu halten. Laura lag am Bordstein und starrte ihn an.

Jon wird abgelenkt

Das hatte ihm gerade noch gefehlt. Erst wurde ihm ein Strich durch seine Pläne gemacht, dann hatte er wieder einen Riesenkrach mit seinem Vater und nun war diese blöde Gans ihm auch noch in sein teures Rad gedonnert. Jon hob sein Rad auf. Es hatte einen Kratzer auf dem Schutzblech und der Kies hatte die Farbe hinten abgeschrammt, aber es war wenigstens nichts eingedellt oder verbogen. Doch alle Zeichnungen für das Titelblatt der Schülerzeitung, die er in seinen Radtaschen versteckt hatte, lagen über die ganze Straße verstreut. Wahrscheinlich nicht mehr zu gebrauchen. Blöde Ziege!

Das Mädchen rappelte sich mühsam wieder hoch, und als sie sich bückte und rundherum die Blätter aufsammelte, merkte er, dass ihre Hände zerkratzt waren und ihre linke Wange blutete. Außerdem starrte sie ihn auf eine beunruhigende Weise an.

»Guckst du denn nicht, wo du hinfährst?«, stieß er hervor. Plötzlich fühlte er sich verlegen und unbeholfen, als er den Dreck von seinen Zeichnungen wischte. Er versuchte eine gleichgültige Miene aufzusetzen, obwohl er gerade gemerkt hatte, dass sein rechter Ellenbogen wie Feuer brannte.

»Ich? Ich?«, kreischte das Mädchen mit wutblitzenden Augen. »Vielleicht erinnerst du dich, dass ich mich völlig korrekt auf der richtigen Straßenseite aufhielt. Du warst es, der wie ein Verrückter aus der Einfahrt geschossen kam und mir in den Weg fuhr. Also hör gefälligst auf, mir die Schuld in die Schuhe zu schieben, du Armleuchter!«

Jon starrte sie verblüfft an. Er hatte erwartet, dass sie losheulen und jammern würde, wie schrecklich Leid es ihr wegen seinem Rad täte. Die hatte Mumm, das musste man ihr lassen. War wohl das rote Haar, was sie so hitzköpfig machte. Eigentlich sah sie ganz interessant aus. Jon war immer von dem Ausdruck anderer Gesichter fasziniert, es interessierte ihn, wie sich Menschen bewegten, wie sie reagierten. Aber gerade jetzt hasste er die ganze Welt und alle Menschen. Und die hier brachte das Fass zum Überlaufen!

»Ich bin baff, dass sie jemandem wie dir erlauben, allein auf die Straße zu gehen – du solltest mit dem Puppenwagen rumfahren und nicht mit 'nem Fahrrad!«, brüllte er. »Dumme Kuh«, knurrte er noch sicherheitshalber hinterher.

»Falls wir uns hier über Intelligenz unterhalten, bist DU ja wohl derjenige, dem die grauen Zellen fehlen«, schoss Laura zurück. »Siehst du das hier? Die heißen Bremsen! Wenn man sie benutzt, dann bleibt ein Fahrrad stehen.« Sie sprach jedes Wort überdeutlich aus, als ob sie zu einem Trottel sprechen würde. »Die meisten Leute bremsen, wenn sie in eine Straße einbiegen wollen. Jedenfalls alle, die keine blöden egoistischen Idioten sind!«

(Laura hatte das Wort egoistisch erst letzte Woche aufgeschnappt und fand, es klang so richtig gut. Sie wollte es später auch in ihrem Roman verwenden.) Sie zog die Mundwinkel verächtlich nach unten und wandte sich ab.

Plötzlich musste Jon grinsen. »Okay, okay – Friede! Ich war wahnsinnig sauer, als ich die Einfahrt runterkam. Ich hab nicht richtig nachgedacht, und schon gar nicht übers Fahrradfahren. Krach mit den Eltern.« Er streckte die Hände zum Himmel.

»Da haben wir ja was gemeinsam«, murmelte Laura.

Jon sah auf ihre Hände. »Bist du sicher, dass du dir nichts getan hast?«

Scheiße! Jetzt wurde er auf einmal freundlich. Sie

konnte mit Meckern und Toben klarkommen, aber dieses Lächeln brachte ihre Knie zum Zittern.

»Ja, alles in Ordnung. Tut mir Leid wegen ...«

»Ach was, lass nur. Ich heiße übrigens Jon.«

»Ich heiße Laura. Was ist damit?« Laura zeigte auf das Bündel Zeichnungen in Jons Hand.

»Och, nichts, Hausaufgaben und so.«

Er wollte nicht, dass sie ihn so anstarrte. Er fühlte sich auf einmal linkisch und merkte, dass er einen roten Kopf kriegte. Außerdem sah sie bestimmt die schrecklichen Pickel auf seinem Kinn. »Also – ich muss dann los. Ich hab noch was zu erledigen, Leute besuchen und so.«

Er stopfte seine Zeichnungen wieder in die Satteltasche und diesmal machte er sie zu.

Laura hob ihr Rad auf, sah zu ihm hin und schwieg.

»Bis dann also.« Er sprang auf sein Rad und raste den Hügel runter. Laura stand bewegungslos.

Ich glaube, dachte sie, während der Schmerz in ihrer Wange pochte, ich glaube, ich hab mich verliebt.

Die Anrufe drängeln sich

Beim Sender klingelte das Telefon am laufenden Band.

»Das waren also Russell mit seiner Mutter, die immer noch verlangt, dass er handgestrickte Pullover trägt, Trish mit einer älteren Schwester, die mit

Trishs Freund rumflirtet, und Melanie mit einer Mutter, die sich immer beim Warten vordrängelt, indem sie eine Ohnmacht vortäuscht.« Dean Laurie strahlte Ginny an. »Ihr alle kommt in die letzte Runde, wenn es darum geht, welcher Gewinner einen ganzen Tag lang Ginny Gee beim *Echo* besuchen darf.«

Na toll, dachte Chelsea und wählte die Nummer.

»Auch alle folgenden Anrufer machen dabei mit. Wir machen jetzt eine Pause für die Regionalnachrichten und den Wetterbericht, aber danach sind wir wieder da und wir hoffen, ihr auch!«

Dean lehnte sich im Stuhl zurück und grinste Ginny fies an.

»Na, Ginny, was hätten wir denn für dich nach der Pause?« Er sah auf den Bildschirm seines Computers, wo die wartenden Anrufe gespeichert waren.

»Da wäre eine Samantha aus Little Brafield – ihr Bruder ärgert sie immer und sagt, sie wäre fett, Kirsten, dreizehn Jahre alt – leidet unter ihrem Lispeln, Sumitha – hat Krach mit den Eltern, weil ...«

»Oh, lieber nicht, Dean. Setz das Mädchen ans Ende und sag ihr dann, dass es zu spät ist. Meine Tochter geht mit einer Sumitha zur Schule und ich kenne die Familie – falls es sich um dieselbe handelt – und so viele Sumithas kann es eigentlich in Leehampton nicht geben. Das könnte Schwierigkeiten geben.« Ginny stöhnte.

»Okay, dann wäre da noch Mia, ihr Vater hat einen Strafzettel wegen zu schnellem Fahren gekriegt, und zwar vom Vater ihres Freundes, der ist nämlich ein Bulle (was ein Witz!), und dann noch Becky, vierzehn, die quält sich, weil ihre Eltern sich getrennt haben. Ist das so in Ordnung?«

»Klingt gut.« Ginny sah in ihren Taschenspiegel und zupfte an ihren Haaren.

»Die Nachrichten sind gleich zu Ende, Gin. Dann noch a Musi, und du bist dran. Okay?«

»Na klar, Dean, ich steh dir ganz und gar zur Verfügung.«

Lieber nicht, dachte Dean, während er die neueste Platte von »Take That« aufdrehte.

Am anderen Ende

»Das hat vielleicht gedauert – wo bist du denn geblieben?«

Chelsea trat zurück, um Laura hereinzulassen. »He, Laura, du bist ja ganz schmutzig! Was ist passiert?«

»Erzähl ich dir später – hast du angerufen?«

»Ja, und ich hab schon befürchtet, du würdest es noch verpassen. Man muss nämlich der Frau im Studio die Telefonnummer geben und dann ruft sie dich zurück. Also hab ich so getan, als wäre ich du. Aber sie hat schon angerufen und wir sind gleich dran, beeil dich!«

»Du hast doch nicht meinen Namen genannt, oder?«

»Du spinnst wohl! Du heißt jetzt Becky. Ich wette, es klappt nicht – ich meine nur, Mama hat zwar einen

Knall, aber sie ist nicht dumm. Sie wird bestimmt merken, dass du es bist.«

»Ich hab dir doch schon gesagt – das ist es ja genau! Sie ist schwer in Ordnung, sie merkt bestimmt, dass ich gerade einen Schaden fürs Leben kriege, und dann rückt sie meiner Mutter den Kopf zurecht, und alles wird wieder so wie früher.«

»Sagst du. Egal, hier nimm das.« Chelsea warf Laura den Hörer zu. »Du musst horchen, was sie senden, bis sie deinen Namen sagen.«

»Ich bin ganz aufgeregt.«

»Denk an Melvyn!«

Laura zog eine Grimasse und tat so, als müsste sie kotzen.

»Becky, bist du dran?«

»He, das bin ich«, flüsterte Laura und winkte mit dem Arm in Chelseas Richtung.

»Becky? Hallo, hier ist die Seufzer-Hotline und ich verbinde dich mit Ginny.«

»Hallo, Becky – was bedrückt dich heute Morgen?« Ginnys fröhliche Stimme dröhnte aus dem Hörer.

»Ähem, also eigentlich meine Mutter. Weißt du, sie hat sich von meinem Vater getrennt und jetzt hat sie diesen neuen Typen und, wenn ich ehrlich sein soll, er ist einfach widerlich. Aber sie will das einfach nicht einsehen!«

Laura holte tief Luft.

»Also, es ist nämlich so, es ist schrecklich peinlich, wie sie sich in letzter Zeit aufführt. Sie küsst und knutscht in aller Öffentlichkeit rum. Vor Läden und Kneipen und so. Ich hab ihr gesagt, sie soll sich in ihrem Alter nicht so aufführen und sich so bloßstellen und mich auch nicht, aber sie lacht nur oder schreit mich an, dass ich ihr kein bißchen Spaß gönne.«

»Tja, Becky, was ist denn nun die Ursache deines Kummers?«, fragte Ginny in einem Ton, von dem sie hoffte, dass er verständnisvoll klang. »Möchtest du nicht, dass sie Spaß hat?«

»Doch, doch, ich meine, Spaß schon, aber doch nicht so peinlichen. Sie hat Freundinnen, und wenn sie sich einsam fühlt, kann sie doch mit denen ins Kino gehen oder Tennis spielen und so was.« Laura schluckte. »Eigentlich sollte sie sich Mühe geben und meinen Vater wieder zurückholen, statt sich diesem Knilch an den Hals zu schmeißen.«

Knilch. Ginny hatte das Wort erst neulich gehört, als Laura – o nein! Ginny räusperte sich und warf Dean flehende Blicke zu. Doch der sah nicht her. »Hm, also, Lau – Becky«, fing sie an. »Weißt du, deine Mama durchlebt wahrscheinlich eine sehr schwierige Zeit. Sie braucht Freundschaft, Herzlichkeit und auch Liebe. Wenn Leute sich gegenseitig ihre Zuneigung zeigen, heißt das noch lange nicht, dass sie sich mir nichts dir nichts zusammen aus dem Staub machen.« Sie lachte auf eine Weise, von der sie hoffte, dass sie beruhigend wirkte.

Laura befürchtete, dass sie gleich weinen müsste. »Aber sie sollte doch bei meinem Vater sein – nicht bei dem!«

Ginny gestikulierte wild und versuchte die Aufmerksamkeit der Produktionsassistentin auf der anderen Seite der Glasscheibe auf sich zu lenken.

»Versuch sie loszuwerden!«, bewegte sie lautlos die Lippen. Doch die Assistentin und Dean waren zu sehr mit den Anrufern beschäftigt, um Ginny zu bemerken.

»Also, La ... äh, Becky, ich glaube, dass deine Mutter und dein Vater im Augenblick große Schwierigkeiten miteinander haben und nur sie können herausfinden, wie es weitergehen kann. Deine Mutter braucht jetzt dein Bemühen um Verständnis. Bestimmt hast du doch auch Freunde, die sie nicht besonders leiden mag – so wie sie einen hat, für den du nicht viel übrig hast. Vielleicht könntest du dich mal hinsetzen und ...«

»... ruhig und vernünftig über eure Gefühle sprechen und herausfinden, wie ihr beide damit in Zukunft umgehen wollt«, flüsterte Chelsea Laura zu.

»... ruhig und vernünftig über eure Gefühle sprechen und herausfinden, wie ihr beide damit in Zukunft umgehen wollt«, sagte Ginny. »Ich hoffe, dass dir das helfen wird, Liebes.«

Sie zielte mit einem Stöckelabsatz auf Deans Kniescheibe und fuchtelte wild mit den Händen.

»Ah, das war's, danke, Ginny Gee. Damit sind wir heute am Ende der Sendung angelangt. Das war die Seufzer-Hotline für diesmal.«

Dean Laurie ließ den Schalter nach oben rutschen und die Klänge von »Understated Style« erfüllten das Studio.

»War was?«, erkundigte er sich.

Ginny überlegte, warum ein Discjockey in seiner eigenen Sendung so wenig Durchblick hatte. »Na ja, das war eine Freundin von meiner Tochter, die unter falschem Namen angerufen hat.« Sie nahm einen Schluck von dem, was der Sender frecherweise Kaffee nannte. »So ein kleines Aas – ehrlich, diese Gören heutzutage, die denken immer, sie wissen auf alles eine Antwort.«

Sie seufzte. »Du meine Güte, meine arme alte Ruth Turnbull – sie wurde vor dem Supermarkt beim Knutschen erwischt.«

»Wie bitte?« Dean sah verwirrt aus.

»Nichts. Ich mach mich jetzt vom Acker und löffele die Suppe aus. Bis nächste Woche.«

»Ich glaube nicht, dass das viel geholfen hat.« Laura war todunglücklich. »Ich weiß ja, dass sie deine Mutter ist und so, aber sie hat, glaube ich, den Ernst der Situation nicht erfasst.«

»Tja, wenn schon. Sie hat aber bestimmt gemerkt, dass du es warst.«

»Oh, das wäre prima. Glaubst du, sie wird mit meiner Mutter reden?«, fragte Laura erwartungsvoll.

»Bestimmt.« Chelsea fürchtete nur, dass dieses Gespräch nicht so verlaufen würde, wie Laura das erhoffte. »Egal«, sie wollte gern das Thema wechseln, »du wolltest mir noch erzählen, warum du wie eine Vogelscheuche aussiehst.«

Laura sah an ihren dreckigen Hosen runter und betrachtete erstaunt ihre zerkratzten Hände. »Och, ich bin vom Rad gefallen.«

»Pech.«

»Es war wunderbar.« Laura lächelte versonnen.

»Wie bitte?«

»Er war so … super.«

»Wer?« Chelsea überlegte, ob Laura sich nicht nur die Hände geratscht, sondern auch den Kopf angeschlagen hatte.

»Jon.«

»Laura!«, brüllte Chelsea. »Können wir das Gespräch bitte noch mal von vorn anfangen?«

Dann erzählte Laura Chelsea von ihrem Zusammentreffen mit Jon. Und nachdem Chelsea eine Viertelstunde lang hatte hören müssen, wie traumhaft Jons Augen, wie hinreißend seine Stimme und wie toll seine Beine wären und dass er noch viel besser aussähe als Ryan Giggs, wünschte sie, dass sie diese Frage lieber nicht gestellt hätte.

Jon trifft eine Entscheidung

Jon hatte sich überhaupt nicht überlegt, wohin er so eilig fuhr, als er Laura mit offenem Mund an der Straßenseite stehen gelassen hatte. Ganz egal, nur möglichst weit entfernt von dem unablässigen Gemecker seines Vaters. Dieses ewige Gelaber, er solle lernen, Schularbeiten erledigen und seinem Vater Ehre machen.

Er radelte an den Kanal, warf sein Rad hin und setzte sich unter einen Baum. Wie er sein Dasein als Einzelkind hasste! Alle Hoffnungen und Ängste und aller Ehrgeiz seines Vaters konzentrierten sich einzig und allein auf ihn. So war das schon immer – er musste alle Träume seines Vaters erfüllen.

So lange er denken konnte, wollten seine Eltern, dass er als Erster in der Klasse das kleine Einmaleins konnte, als Erster lesen konnte, am schnellsten laufen konnte. Warum wollten sie ihn nicht so nehmen, wie er war?

Er wusste, dass sein Vater gern studiert hätte, aber Großmutter war Witwe, und deshalb hatte Papa Geld verdienen müssen. Für Papa war die Universität schon immer die höchste Anerkennung gewesen – der Beweis für den Rest der Welt, dass man »jemand« war. Er wusste, dass sein Vater zusammenbrechen würde, wenn Jon nicht an die Uni ging – aber irgendwann musste er sich doch daran gewöhnen.

Manchmal dachte er, dass seine Mutter seine heimliche Verbündete war – aber immer, wenn er wollte, dass sie offen äußern sollte, was sie wirklich dachte, machte sie dicht und sagte, er müsste alles tun, damit sein Vater glücklich wäre.

Seine Mutter war eigentlich eine Künstlerin. Sie langweilte sich zu Tode bei dem Job, den sie von ihrem Gartenhaus – na ja, sie nannte es Studio – aus betrieb. Sie machte Sträuße und Gestecke für Hochzeiten, lehrte an der Volkshochschule Ikebana und hielt Vorträge vor Hausfrauenvereinen. Trotzdem hatte er nicht den Eindruck, dass ihr Job sie richtig begeisterte. So wollte er nicht enden – irgendeinen Beruf ausüben, der keinen Spaß machte, der einen nicht wirklich interessierte.

Sein Vater ging jeden Tag ins Büro und verkaufte Leuten Häuser, aber er machte keinen glücklichen Eindruck. Jon hätte gewettet, dass seine Eltern noch nie von irgendeinem anderen Job auch nur von ferne geträumt hatten oder dass sie mal irgendwas Besonderes tun würden. Wie sollten sie ihn also verstehen? Ihre Welt war so eng. Es war hoffnungslos.

Aber in einer Sache war er sich ganz sicher. Er musste ihnen irgendwann sagen, was er wirklich tun wollte. Er wollte nicht an der Bellborough bleiben. Er wollte zur Lee Hill wechseln, weil er genau wusste, dass er dort das tun konnte, was er am liebsten tun wollte.

Heute Nacht wollte er es ihnen endlich sagen, aber erst, nachdem er in der Disco gewesen war.

Während Jon am Kanal saß und Beschlüsse fasste, machte sich seine Mutter auf den Weg, um die Sträuße abzuliefern.

Eigentlich hatte sie nicht die geringste Lust, weiterhin Brautsträuße zu binden oder Blumenarrangements für Festtafeln zu gestalten. Sie wollte auch nicht mehr gelangweilte Frauen in Ikebana unterrichten oder ihnen beibringen, wie man seine Geländersprossen mit Efeu umwickeln konnte. Sie tat das nur, weil sie – auch wenn Henry nicht wollte, dass sie das sagte – das Geld brauchten.

Die Leute kauften heutzutage nicht mehr so viele Häuser und Henrys Provisionen waren drastisch gesunken. Das Geld, das sie von seinem Onkel geerbt hatten, war fast aufgebraucht und Jon hatte mindestens noch drei Jahre Schule vor sich. Also musste sie weitermachen. Was sie wirklich gern machen würde –

aber nein, es hatte keinen Zweck, darüber nachzudenken. Sie musste ihre Pflicht gegenüber Henry und Jon erfüllen, so war das nun mal. Sie gähnte. Sie war vierundvierzig und langweilte sich zu Tode.

Der heiße Kanal sorgt für eine Überraschung

Peter Turnbull, Lauras Vater, fuhr Sonia und Daryl zu ihrem Schwimmunterricht und wünschte sich, dass Laura bei ihm wäre. Er hatte gute Neuigkeiten für sie. Seine Laune war so gut, dass er Sonia sogar erlaubt hatte, das Radio anzumachen, und nun hörten sie den Lokalsender. Meistens fuhr Peter zur Musik von Mozart oder Berlioz oder hörte an besonders miesen Tagen Mahler, aber heute wollte er großzügig sein, auch wenn das bedeutete, dass er sich die Musik von »Raving Red« anhören musste. Heute Morgen hatte er erfahren, dass die Immobilienfirma »Hausfinder« einen Käufer für das Haus in Preston Abbott gefunden hatte. Das Beste war: der Käufer wollte bar bezahlen. So konnte er wenigstens Ruth ihren Anteil vom Erlös geben und, was noch wichtiger war, irgendwo ein Haus für sich und Betsy kaufen, wo auch Platz für Lauras Zimmer wäre. Dann könnte sie ihn öfter besuchen.

Mr. Turnbull vermisste seine Tochter sehr, er vermisste ihr lustiges Sommersprossengesicht und die Art, wie sie aus jeder läppischen Kleinigkeit ein Drama mit fünf Akten machen konnte. Er vermisste sogar ihr aufbrausendes Temperament. Zwar sah er sie an den meisten Wochenenden, aber das war nicht das Gleiche wie miteinander zu leben. Na ja, insgesamt schien sie die Trennungssituation ganz gut zu verkraften.

»Ich hab ihr gesagt, sie sollte sich in ihrem Alter nicht so aufführen.« Peter spitzte die Ohren. Diese Stimme klang vertraut.

Er drehte das Radio etwas lauter.

»Mir ist schlecht«, sagte Daryl vom Rücksitz.

»Quatsch«, sagte Peter, der wusste, dass Daryl alles versuchen würde, damit er nicht zum Schwimmunterricht musste.

»Stimmt aber!«

»Sei still!«, brüllte Peter, der genau wie seine Tochter sehr ungeduldig war. »Ich will hier zuhören.«

»Du hast mal gesagt, du kannst die Seufzer-Hotline nicht ausstehen«, sagte Sonia vom Rücksitz. »Du hast gesagt, die reden da bloß Blödsinn. Und du sollst meinen Bruder nicht anschreien«, fügte sie hinzu. Sie durfte Daryl anbrüllen, aber es passte ihr nicht, dass dieser Eindringling glaubte, er könne sich die gleiche Freiheit herausnehmen.

»Eigentlich sollte sie sich Mühe geben und meinen Vater wieder zurückholen, statt sich diesem Knilch an den Hals schmeißen.«

Knilch! Das sagte Laura zu allen, vom Milchmann bis zu ihrem Cousin Jeremy. Das war Lauras Stimme!

Und das war Ginny Gee, Ruths Freundin. Na ja, früher mal auch eine Freundin von ihm. Was war da los? Laura redete im Radio über ihre Mutter. Genauer genommen, über sie beide. Das war Laura, er war sich da ganz sicher. Ginnys Stimme hatte einen merkwürdigen Beiklang, als sie den Namen der Anruferin nannte. Ginny wusste auch Bescheid. Er drehte noch lauter. Er musste unbedingt hören, was da los war.

Aber dazu sollte es nicht kommen. Denn an der Kreuzung Western Straße und The Drive bewies Daryl, dass ihm unzweifelhaft schlecht war.

Schwache Nerven

»Ich bin wieder da!« Laura warf ihre Jacke auf die unterste Treppenstufe und ging in die Küche.

»Es wundert mich, dass du dir noch die Mühe machst.« Ihre Mutter wirkte nicht sehr glücklich. Ihre Augen sahen verdächtig rot aus. Laura schluckte.

»Was meinst du damit?« Sie machte die Tür vom Küchenschrank auf und nahm sich eine Tüte Kartoffelchips raus. Laura holte sich immer was zu essen, wenn sie eine schwierige Situation herannahen sah.

»Wart doch mal, na, wie war das denn noch? ›Sie benimmt sich so peinlich.‹ Hieß es nicht so? Doch, ja. Und: ›Sie sollte sich in ihrem Alter nicht mehr so benehmen.‹ Korrigier mich, wenn ich was falsch sage.«

Laura schluckte. Ihre Mutter hörte samstagmorgens nie Radio. Sie wuselte im Garten rum oder ging einkaufen. Laura war ganz elend zumute. Sie wollte ihre Mutter doch nicht verletzen, sie wollte nur ihr aus den Fugen geratenes Leben wieder in die richtige Bahn bringen.

»Ach, äh, ich, na ja ... ich dachte, du hörst nie Radio Leehampton.«

»Nein, Laura, du hast einfach nicht gedacht. Punkt.«

»Tut mir Leid. Ehrlich, wenn ich gewusst hätte, dass du zuhörst ...«

»Ich will nicht mehr darüber reden. Schluss. Du hast Hausarrest. Du gehst nicht, ich wiederhole: nicht zur Disco heute Abend. Das ist endgültig.« Ihre Mutter knallte die Tür vom Küchenschrank zu, um ihr Verbot zu betonen.

»Wieso? Ich meine, warum? Alle gehen hin.« Laura sah sie entsetzt an.

»Ich korrigiere – alle außer dir«, sagte ihre Mutter.

»Aber Sumitha übernachtet heute bei mir – du kannst ihr doch nicht alles verderben, bloß weil du mir was kaputt machen willst!«

Laura war wütend. Sie wusste, dass sie die Strafe verdient hatte, aber der Gedanke, dass ihre Freundinnen davon erfahren würden, war unerträglich für sie.

»Ich bin noch nicht dazu gekommen, die Banerjis anzurufen, um sicherzugehen, dass sie damit einverstanden sind, aber nun kann ich mir die Mühe sparen. Du gehst nicht. Und du kannst Sumitha auch gleich sagen, warum.«

Laura schleuderte die leere Chipstüte quer durch die Küche. »Aber ich muss da hin, die ›Stomping Ground's Great Stomp‹ spielen und es gibt gratis Essen und alles. Ich muss da hin!« Lauras Augen füllten sich mit Tränen.

»Pech.« Ihre Mutter wandte sich zum Gehen.

Laura war ernsthaft beunruhigt. Sonst war ihre Mutter eigentlich ganz vernünftig, aber das hatte sie wohl wirklich pottsauer gemacht. Tief in ihrem Inneren wusste Laura genau, wer hier die Schuld hatte. Doch weil das Wochenende zu einem Alptraum zu werden drohte, verlor sie die Beherrschung.

»Oh, wie ich dich hasse!«, schrie sie. »Es reicht dir noch nicht, dass du mich jedesmal unmöglich machst, wenn du mit dem Kerl ausgehst, und dass wir in dieses Loch ziehen mussten und dass du mich fast nie telefonieren lässt, nein, jetzt musst du mir auch noch den letzten Spaß kaputt machen, den ich noch habe. Und du machst mich vor Sumitha runter. Wahrscheinlich wird sie danach nie mehr ein einziges Wort mit mir reden. Aber das kann dir ja egal sein – dir ist es ja scheißegal, ob ich alle meine Freundinnen verliere und total allein dastehe!«

Ihre Mutter drehte sich wieder um. »Laura, könntest du, verdammt noch mal, mit diesem Theater aufhören?«

»Ich kann es einfach nicht glauben, dass du mir das antun willst! Papa würde mich gehen lassen! Aber Papa hat mich ja auch lieb! Dir sind ja alle andern außer deinem geliebten Melvyn total egal! ICH HASSE DICH!«

Ihre Mutter seufzte. »Laura – jetzt hör mir mal gut zu. Das stimmt so nicht. Natürlich bist du mir wichtig. Ich hab dich lieb, ganz doll. Aber offensichtlich bin ich dir völlig Wurst, und meine Gefühle auch. Ich hab was dagegen, dass du mein Privatleben über den Äther vor der gesamten vorpubertären Bevölkerung von Leehampton breittrittst.«

»Oh, na bitte doch, beleidige nur meine Freundinnen, warum auch nicht? Du findest ja sowieso alles an mir blöd, da kannst du sie ruhig auch schlecht machen!«, kreischte Laura.

»Ich kritisiere nicht.«

»Doch, das tust du! Du hast sie pu-pu huu-huu ...«

»VORPUBERTÄR! Das bedeutet, dass Kinder in die Pubertät kommen werden.«

»Oh.«

»Nun denk doch mal einen Moment lang nach, Laura. Wie würdest du dich denn fühlen, wenn ich irgendeine Talkshow anrufen und der ganzen Welt erzählen würde, dass meine Tochter beim Anblick einer Spinne einen Nervenzusammenbruch bekommt oder dass sie stundenlang die Straße auf und ab radelt, nur weil sie ein Zipfelchen von Duncan Nisbet sehen will, und dass sie sich abends nicht allein in den ersten Stock traut?«

»Das ist was anderes.«

»Das ist überhaupt nichts anderes. Ich würde das nie tun, weil ich dir nicht weh tun will. Ich würde das nicht tun, weil es niemanden was angeht. Aber da habe ich natürlich was vergessen, nicht wahr? Mütter haben ja angeblich keine Gefühle, oder? Sie sollen kochen, putzen, einkaufen und Geld für neue Klamotten und Discoeintrittskarten auftreiben. Aber sollen sie was fühlen? O nein, Mütter sollen nichts fühlen, niemals, oder?« Lauras Mutter brach in Tränen aus, rannte aus der Küche und knallte die Tür zu. Plötzlich wünschte Laura, dass die Seufzer-Hotline nie erfunden worden wäre.

Jemma schreibt einen Brief

Als Laura sich wütend, ungeliebt und ziemlich schuldbewusst fühlte, Ginny Gee vor Ärger auf sich innerlich schäumte, weil sie sich von der Tochter ihrer Freundin an der Nase hatte herumführen lassen, und Lauras Mutter vorsichtig die Maskaraflecken von den Tränen wieder abwischte und überlegte, warum man überhaupt Kinder kriegte – während all dies geschah, saß Jemma Farrant im Schneidersitz auf ihrem Bett und schrieb einen Brief an ihre Gran.

Deepdene
Billing Hill
Leehampton LE 44UP

Liebe Gran,
vielen Dank für das Geld, das du mir geschickt hast. Ich hatte schon auf dieses sagenhafte Top bei H & M

gespart und dank dir hab ich es mir heute endlich kaufen können!
Ich habe nämlich im Augenblick überhaupt nichts Gescheites zum Anziehen. Nur weil es Mama egal ist, was sie anhat, denkt sie, ich müsste auch herumlaufen und aussehen wie aus der Kleidersammlung herausgezogen.
Aber auch mit schicken Klamotten wüsste ich nicht, wo ich hingehen sollte. Ich hab noch keine Freundinnen gefunden. Nur ein Mädchen habe ich kennen gelernt, die heißt Laura und die hat mich eingeladen, in eine Disco mitzukommen. Die Disco heißt *Stomping Ground* und alle aus meiner Klasse gehen da am ersten Samstag im Monat hin, weil sie dann einen Abend für Leute unter achtzehn machen. Aber Mama sagt, ich darf nicht hingehen, weil sie nicht weiß, was für Leute da rumhängen. Ich finde das gemein, keine andere Mutter stellt sich so an wie sie.
Kannst du nicht dafür sorgen, dass Mama ein bisschen großzügiger wird? Ich wette, bei dir durfte sie massenhaft Sachen machen, als sie jung war. Jemand wie du, die mit dem Rad bis nach Griechenland gefahren ist und im Brunnen am Trafalgar Square gebadet hat, muss eine tolle Mutter gewesen sein. Bestimmt warst du total cool. Warum ist Mama dir nicht ähnlicher? Mr. Garret, unser Biologielehrer, hat gesagt, man erbt die Gene von seinen Eltern. Was ist mit Mama passiert? Habt ihr sie adoptiert? (Ha, ha, das sollte ein Witz sein.)
Bitte komm uns ganz bald besuchen – ich möchte soo gern jemanden hier haben, mit dem ich reden kann,

ohne dass ich vorher stundenlang überlegen muss, ob man das sagen kann oder nicht.

Bitte schreib bald,
eimerweise liebe Grüße
Jemma

Jemma faltete den Brief zusammen und steckte ihn in ein Kuvert. Sie hoffte inständig, Gran würde kommen, denn wenn sich nicht bald was änderte, würde sie zu drastischen Maßnahmen greifen müssen.

Die Mütter einigen sich

Warum, dachte Lauras Mutter, klingelt das Telefon immer dann, wenn man am liebsten nie wieder mit irgendwem reden will?

»Leehampton 411266 – Ruth Turnbull.«

»Oh, Mrs. Turnbull, hier spricht Claire Farrant. Wir haben uns letzten Freitag vor der Schule getroffen. Ich bin Jemmas Mutter, erinnern Sie sich?«

Ach ja, die nachlässig gekleidete Frau in dem schäbigen Dufflecoat, die sich beklagte, dass nicht genügend Aufsichtspersonen beim Schwimmunterricht in der neunten Klasse dabei wären, und die sauer war, weil sie sich wegen der Rüpeleien im Schulbus genötigt sah, ihre Tochter persönlich abzuholen. Was um alles in der Welt konnte die wollen?

»Ich hoffe, Sie nehmen mir meinen Anruf nicht übel, aber ich habe ein Problem«, sagte Mrs. Farrant.

»Aber nicht doch. Hoffentlich kann ich Ihnen helfen«, sagte Ruth höflich. Nun mach schon, gute Frau! dachte sie.

»Es ist wegen Jemma. Sie möchte heute Abend in diese Disco *Stamping Ground.*«

»*Stomping* ...«, sagte Ruth automatisch.

»Wie bitte?«

»Die Disco heißt *Stomping Ground*«, klärte Ruth Mrs. Farrant auf. »Aber ...«

»Ja, also, Jemma hat gesagt, Ihre Tochter hätte sie eingeladen mitzukommen, sehr freundlich, wirklich, weil Jemma noch keinen richtigen Anschluß gefunden hat und noch nicht so viele Leute kennt. Aber um ehrlich zu sein, ich weiß nicht so recht. Wir wohnen erst seit ein paar Wochen hier und ich kenne mich noch nicht richtig aus. Deshalb habe ich zuerst nein gesagt. Nur um mich erst einmal abzusichern. Na ja, und dann hat sich Jemma furchtbar aufgeregt und mit den Türen geknallt und solche Sachen. Sie sagt, Laura geht dort oft hin. Stimmt das?«

Ruth zögerte. »Also, das schon, ab und zu, aber eigentlich ...«

»Was ich fragen wollte: Was für einen Ruf hat denn diese Disco?«, fuhr Claire fort. »Man kann ja schließlich nicht vorsichtig genug sein, nicht wahr?«

Ruth überlegte, ob das morgendliche Aufstehen Mrs. Farrant genauso viel Angst machte wie offensichtlich alle anderen Dinge.

»Also abgesehen davon, dass einem auf fünfzig

Schritt Entfernung die Trommelfelle platzen und es aussieht wie das schwarze Loch von Kalkutta, ist es eine Disco wie andere auch.«

Claire seufzte. »Was für junge Leute gehen denn dorthin? Wissen Sie, Jemma ist nämlich noch sehr kindlich und, äh, sie ist nicht gewöhnt ...«

»Um ehrlich zu sein: Sie schlagen weder alte Damen zusammen noch fackeln sie die Mülleimer von Leehampton ab, müssen Sie wissen!«, zischte Ruth und knabberte dann an ihrer Unterlippe. Es war ja nicht Mrs. Farrants Fehler, dass der verdammte *Stomping Ground* so ungefähr das Letzte war, worüber Ruth jetzt reden wollte. Wahrscheinlich war die andere gar nicht so neurotisch, wie sie sich anhörte. Wenigstens war sie auch jemand, der Muttersein kein Kinderspiel fand. Sie holte tief Luft und war entschlossen, sich ganz kooperativ zu zeigen. »Was ich sagen wollte, sie haben Türsteher und an Samstagen ist Alkohol für die Jugend unter achtzehn nicht erlaubt.«

»Ach, na gut, wenn Sie Ihre Tochter auch hingehen lassen, dann ... Und da ist noch ein Mädchen aus der Klasse – Chelsea, nicht wahr? Die mit dem Lockenkopf? Die geht wohl auch dorthin. Deshalb hab ich gedacht, wenn ich das Fahren übernehme, könnten dann nicht alle zusammen gehen? Mich würde das sehr beruhigen, wenn ich wüsste, dass Jemma dort mit Freundinnen zusammen ist. Wenn Sie diese Disco für unbedenklich halten, dann bin ich mir sicher, dass sie in Ordnung ist.«

Doch Mrs. Farrant hörte sich eher so an, als wäre sie gar nicht sicher, dass irgendwas in Ordnung wäre.

»Hm. Es ist nur, also ich habe Laura gesagt ...«

»Oh, denken Sie nicht, dass ich Jemma sehr lange Ausgang geben würde. Ich würde alle um halb elf wieder zu Hause abliefern. Eher noch etwas früher. So müsste das doch gehen, oder?«

»Na ja, eigentlich hab ich Laura gesagt, dass sie ...« Ruth fuhr sich geistesabwesend mit den Fingern durchs Haar. »Ach, egal, warum auch nicht – ja, ja, das geht so klar. Nur ist da noch ein anderes Mädchen aus der Klasse, Sumitha Banerji, die kommt auch mit. Sie übernachtet heute bei uns, weil ihre Eltern weggefahren sind. Ist das okay?«

»Aber natürlich, kein Problem. Warten Sie mal, der Name kommt mir bekannt vor – wir haben jemanden im Krankenhaus kennen gelernt, einen Kollegen meines Mannes, der hieß auch so. Vielleicht ist das dieselbe Familie. Es würde Jemma auf jeden Fall gut tun, wieder Freundinnen zu finden.«

Claire musste eine kurze Pause einlegen, um Luft zu holen. »Durch den Umzug ist sie sehr einsam geworden.«

»Sind Sie sicher, dass Ihnen das Chauffieren nichts ausmacht?«

»Keineswegs. Das ist doch das Wenigste, was ich tun kann. Ich muss mich bei Ihnen bedanken, Sie haben mir bei dieser Entscheidung sehr geholfen. Vielleicht spricht Jemma jetzt wieder mit mir. Sie hält mich für eine Rabenmutter.«

»Na, dann können wir uns ja zusammentun, so geht es mir auch. Bis später dann!«

Lauras Begnadigung

Das war's dann mit der strengen Disziplin, dachte Ruth ironisch. Aber was sollte sie tun? Laura hatte Jemma offensichtlich unter ihre Fittiche genommen, und nun konnte sie doch diesem Mädchen nicht den Spaß verderben, nur weil ihre Tochter solchen Radioterror veranstaltet hatte. Das Dumme war nur, dass Laura die Erlaubnis als Sieg verbuchen würde. Aber es war immer noch die beste Lösung. Im Augenblick hatte Mrs. Turnbull nicht mehr den Nerv für eine weitere Auseinandersetzung.

In diesen Tagen brauchte sie ihre Kraft, um Bewerbungsbriefe für Stellen zu schreiben, die sie gar nicht wollte. Aber sie brauchte das Geld. Es sah so aus, als ob niemand sie brauchen konnte – sie wusste gar nicht mehr, wie oft sie nun schon Briefe bekommen hatte, die so anfingen: »Sehr geehrte Mrs. Turnbull, wir bedanken uns für Ihr Bewerbungsschreiben, aber wir bedauern, dass ...«

Offensichtlich zählten Schreibmaschine schreiben und Steno nichts mehr – man musste diese vertrackten Computersprachen beherrschen und wissen, was ein E-Mail ist. Heutzutage sollte man mit der einen Hand ein Fax nach Hongkong senden und mit der anderen eine Computeranlage bedienen können. Sie fühlte sich überflüssig. Doch jetzt würde wenigstens ein Mensch mit ihr zufrieden sein.

»Laura, komm mal eben runter, bitte!«, rief sie.

Laura überlegte, ob sie nicht antworten sollte, aber vielleicht war das keine besonders gute Idee.

»Waswillstedenn?«, murrte sie und stapfte die Treppe runter.

»Laura, warum weinst du?«, fragte ihre Mutter.

»Ich? Och, nur so. Gibt gar keinen Grund dafür, oder? Ist ja alles bestens in Ordnung, oder? Mir hat man nur verboten, meine besten Freundinnen am wichtigsten Abend des ganzen Jahres zu sehen. Wo ich doch ...«

»Du darfst heute Abend hingehen.«

»... in solch ein Loch – WAS? Was hast du gesagt?«

»Ich sagte, du darfst heute Abend hingehen.«

»Ehrlich?«

Ihre Mutter stöhnte leise. »Ehrlich.«

»Oh, Mama, danke! Ich hab dich lieb, ganz in echt. Es tut mir so Leid wegen der Radiosache, ich wollte dir damit wirklich helfen. Ich wollte dir nicht weh tun. Oh, danke schön! Warum hast du deine Meinung geändert? Kann ich mir mal deinen Kajalstift ausleihen?«

»Jemma Farrants Mutter und ... ja.«

»Hä?«

»Ja, du kannst ihn dir nehmen ...«

»Nee, was ist das mit Jemmas Mutter?«

»Sie rief mich an, weil Jemma zur Disco wollte, und weil sie doch neu hier sind, macht ihre Mutter sich Sorgen. Sie hatte dann gemeint, wenn du und Chelsea auch hingingt, könnte Jemma mit euch mitkommen. Mrs. Farrant wird euch hinfahren, also muss Mr. Gee sich nicht die Mühe machen. Ihr sollt euch nur ein bisschen um Jemma kümmern.«

»Was – du willst damit sagen, dass du ganz im Ernst einverstanden bist, dass Mrs. Farrant mich zur Disco bringt und wieder abholt?«

»Ja, warum?«

»Du meinst, sie holt mich ab? Hier?«

»Nein, Schatz, eigentlich hab ich ihr gesagt, du würdest mit dem Hubschrauber zu ihnen rüberdüsen und auf dem Dach landen. Wo sollte sie dich denn sonst abholen?«

»Überall, bloß nicht hier. Oh, Mama, wie konntest du nur! Was soll ich bloß machen? Ach, ich weiß schon! Sumitha und ich gehen rüber zu Chelsea und sie kann uns dann alle dort abholen. Mami, wie konntest du nur sagen, sie sollte HIERHER kommen? Wie konntest du nur!«

Ruth war verblüfft. »Warum? Es liegt doch auf ihrem Weg und sie hat es selbst angeboten.«

Laura riss die Augen auf über so viel mütterliche Dummheit. »Hör mal, Mama, die Farrants wohnen auf Billing Hill in einem riesigen Haus. Jemma hat mich schon mal nach der Schule zu sich eingeladen – die haben so eine Küche wie in SCHÖNER WOHNEN, wo die Sachen von der Decke runterhängen, und zwei Badezimmer und ein Arbeitszimmer und alles. Die dürfen dieses Haus hier nie zu Gesicht kriegen. Niemals!«

»Zum Teufel noch mal, Laura, man könnte grad meinen, wir lebten in den Slums. Das hier ist ein ganz respektables Einfamilienhaus in einer ganz respektablen Umgebung. Nur weil wir mal in dieser grässlichen Gründerzeitvilla wohnten, wo der Wind durch alle Ritzen pfiff und der Keller feucht war, denkst du, dass alles, was kleiner als ein Flugzeughangar ist, zu schäbig für dich ist.«

»Oh, Mama, du ...«

»... kapierst nicht. Ich weiß. Anscheinend kapier ich überhaupt nichts. Aber was ich auf jeden Fall kapiere, ist, dass du viel zu sehr auf Äußerlichkeiten achtest. Weil wir momentan in einem kleineren Haus als früher leben, sind wir doch nicht weniger wert, oder? Ich hab das Gefühl, dass du ein mieser kleiner Snob geworden bist. Dauernd zerbrichst du dir den Kopf über das, was andere Leute denken könnten.«

»So? Na, das ist immer noch besser als sich wie du einen Dreck drum zu kümmern, was die Leute von deinem Benehmen denken.« Laura brüllte, als wäre ihre Mutter taub.

Lass dich nicht ködern, sagte Mrs. Turnbull zu sich selbst. Zähle bis zehn. Das half nicht, also tat sie es noch mal auf Französisch.

»Jedenfalls hat es dir nichts ausgemacht, dass Sumitha hier übernachten will.«

»Das ist was anderes. Die wohnen auch in einem kleinen Haus. Außerdem suchen ihre Eltern gerade nach einem größeren Haus, irgendwo auf dem Lande.« Laura sah aus wie eine, die weiß, dass sie ärmer dran ist als der Rest der Welt.

»Mensch Meier, Mädchen – willst du nun in diese vermaledeite Disco oder nicht?«

»Ja, ja – danke, Mama. Ich ruf gleich Chelsea an und

sage, dass wir bei ihr auf Mrs. Farrant warten. Wenn sie uns dann heimbringt, ist es eh pechschwarze Nacht, Gott sei Dank.«

Jemmas Blatt wendet sich

Jemma klebte gerade den Briefumschlag zu, als ihre Mutter in ihr Zimmer kam.

»Okay, du hast gewonnen. Du darfst heute Abend in die Disco gehen.« Ihr Mutter knabberte an der Oberlippe, ein sicheres Zeichen dafür, dass sie sich nicht wohl fühlte.

Jemma saß mit offenem Mund da.

»Na, sagst du noch was? Oder willst du mich weiterhin anstarren wie ein Goldfisch?«

»Danke, Mama, das ist ja super!« Jemma sprang auf und umarmte ihre Mutter. »Aber wieso hast du plötzlich deine Meinung geändert?«

»Tja, ich habe Laura Turnbulls Mutter angerufen, weil ich wissen wollte, was für Leute zu dieser *Stomping-Ground*-Disco gehen, und um zu fragen, ob Laura und Chelsea dich mitnehmen würden und ein Auge auf dich halten …«

»Was hast du?«, flüsterte Jemma.

»Ich fragte Mrs. Turnbull, ob sie diese Disco in Ordnung fände, und als sie sagte, die wäre okay, hab ich ihr gesagt, dass ich dich und Laura hinbringen würde, damit sie und Chelsea ein Auge auf dich hätten.«

Na, das ist ja wunderbar, dachte Jemma. Danke, Mama. Tausend Dank. Mach nur, dass ich wie ein kompletter Trottel dastehe, mach doch nur.

Am liebsten hätte sie ihre Mutter angebrüllt und gefragt, wie das wohl aussah, wenn sie die Leute anrief und nachfragte, ob das auch der richtige Ort für ihre Tochter wäre. Sie wollte brüllen, dass diese Bitte, auf sie aufzupassen, sie total unmöglich gemacht hatte. Aber sie schwieg.

Sie biss sich auf die Zunge und blieb still. Jemma hasste Auseinandersetzungen und tat alles, um sie zu vermeiden. Das wurde nur immer schwieriger. Als sie noch in Brighton gewohnt hatten, konnte Jemma immer um die Ecke zu Gran flüchten, wenn sich ihre Eltern stritten, und Gran, der vernünftigste Mensch im gesamten Universum, gab ihr dann einen Mohrrübenwein und Safrankuchen und tröstete sie, dass es schon wieder werden würde. Meistens wurde es auch, denn Gran lud Mama zum Kaffee ein, und nach ein paar Tagen war alles wieder in Ordnung.

Jemma hatte keine Ahnung, warum ihre Mutter sie immer noch wie ein Baby behandelte. Schließlich hatte sie doch Sam, der war zwar auch kein richtiges Baby mehr, aber erst sechs, und sie hatte die Zwillinge, und die waren mit ihren drei Jahren noch echte Babys.

Jemma holte tief Luft. »Ich wünschte, du hättest bloß nicht gesagt, dass die Mädchen auf mich aufpassen sollen, Mama.«

Ihre Mutter schüttelte sofort den Kopf, zuckte die Schultern und sah beleidigt aus. »Also weißt du,

Jemma, ich dachte eigentlich, du wärst mir dankbar, dass ich dich fortlasse. Schließlich bin ich von der ganzen Angelegenheit immer noch nicht begeistert, aber ich wollte dir entgegenkommen. Und dann erhalte ich das als Dank! Wenn dir meine Bedingungen nicht gefallen, musst du ja nicht hingehen.«

»Entschuldigung. Danke. Es ist wirklich lieb von dir.« Jemma dachte rasch nach. Wenigstens durfte sie hingehen. »Ich hab nichts anzuziehen.«

»Nun sei doch nicht töricht, mein Schätzchen. Du hast doch dieses hübsche blaue Kleid mit dem weißen Krägelchen oder den Faltenrock und …« Ihre Mutter war sehr erleichtert, dass der Zusammenstoß überstanden war.

»Mach dir keine Gedanken, Mama – ich find schon was!« Bestimmt keinen Faltenrock und es wird auch kein weißes Krägelchen haben, dachte Jemma.

Chelseas Mutter dreht durch

Liebe Ginny,
bin zum Tante-Emma-Laden Rosinen fürs Mittagessen kaufen. Chelsea ist oben mit Laura, Warwick ist im Garten-Center. Ich hab ihn an seine Impfungen erinnert, er erblasste und entschwand.

Barry

Ginny schleppte mit verzerrtem Gesicht zwei Einkaufstüten zur Speisekammer. Wozu, zum Teufel, brauchte er Rosinen? Heute sollte es Spagetti Bolognese und Obsttörtchen geben.

Dann sah sie die Schüssel auf dem Tisch. Sie schnüffelte. Wohl wieder eine von Barrys Kreationen. Er war ein guter Koch, kein Zweifel, nur vergaß er ständig, dass Chelsea und Warwick sehr konservative Geschmacksnerven hatten.

Doch dann traf es sie wie ein Schlag. Was stand da noch? Sie las noch einmal, was auf dem Zettel stand: »Chelsea und Laura sind oben.« Also gut, meine Damen, dachte sie und wollte schon die Treppe hinaufstürmen, als ihr Mann durch die Hintertür geschlendert kam. Er hielt eine braune Tüte in der Hand.

»Lief es gut, Liebling?«, fragte er freundlich.

»So lala«, erwiderte Ginny. »Was ist mit Chelsea und Laura? Chelsea sollte dir doch helfen.«

»Helfen ist möglicherweise eine kleine Übertreibung. Sie erschien kurz in der Küche, stöhnte drei Minuten lang über deinen Job und verschwand. Die meiste Zeit heute Morgen war sie mit Laura oben am Telefon.«

»Laura war also heute Morgen hier?«

»Ja. Ich fand, sie sah wie eine verrückt gewordene Vogelscheuche aus. Die beiden schlossen sich oben ein und schwatzten wie gewöhnlich.« Er schüttete die Rosinen auf den Tisch. »Aber Laura ist wieder weg, ich bin ihr auf dem Rückweg begegnet.«

»Aha.« Ginny marschierte zur Treppe. »Chelsea! Komm runter! SOFORT!«

»Was ist los?«, murmelte ihr Mann, öffnete die Tür und stellte seine Feinschmeckerschöpfung auf das oberste Regalbord.

»Ich bringe sie um«, knurrte Ginny. Barry verschwand in die Garage. Er hatte seinen Beitrag zu einem reibungslos funktionierenden Haushalt geleistet. Wenn Ginny ihre Anfälle kriegte, war es besser, man ging ihr aus dem Weg. Er übersah dabei die Kleinigkeit von sechs schmutzigen Töpfen und vier Tellern, die sich im Spülbecken stapelten.

Chelsea schlurfte in die Küche. Sie hatte das unangenehme Gefühl, dass sie wusste, was schief lief.

»Chelsea«, sagte ihre Mutter, holte tief Luft und versuchte an all die weisen Sprüche aus dem Elternratgeber zu denken, wo zum Beispiel stand, dass Lautwerden ein Zeichen von Schwäche ist.

»War Laura heute Morgen während ihres Anrufs bei der Seufzer-Hotline in diesem Haus? Ich will eine klare Antwort: ja oder nein?«

»Ja.«

»Wie konntest du das tun?«, kreischte Ginny und alle Gedanken an Elternratgeber waren augenblicklich verschwunden. »Hast du überhaupt die leiseste Ahnung, wie peinlich das für mich war?«

»Es war doch nicht meine Idee! Laura hat gesagt ...«

»Das ist mir scheißegal, von wem die IDEE war. Sie kam doch wohl mit der Absicht her beim Radio anzurufen. Wenn du sie nicht ermutigt hättest, dann hätte sie diesen blöden Einfall bestimmt vergessen. Was ist mit Lauras Mutter? Was glaubst du, wie die sich jetzt fühlt?«

»Oh, da mach dir mal keine Sorgen. Lauras Mutter hört sich solche Sendungen nie an«, sagte Chelsea beruhigend.

»Ach! Und was ist, wenn du dich irrst, Fräulein Allwissend? Ruth sagte mir gestern, sie wolle sich mal anhören, was ich da so mache. Sie ist zufälligerweise eine meiner ältesten Freundinnen, weißt du. Oder sie war es, bis heute Morgen. Wahrscheinlich redet sie jetzt nicht mehr mit mir.«

»Tut mir Leid.«

»Leid? Leid? Das war's dann, ja? Du bringst mich in eine absolut unmögliche Situation, und dann sagst du einfach ›tut mir Leid‹. Ich muss sofort Ruth anrufen – der Himmel weiß, was sie jetzt denkt. Sie hat schon genug Ärger, da braucht ihr nicht noch Salz auf die Wunden zu streuen. Es ist so schon schlimm genug.« Ginny fuhr sich mit der Hand durchs Haar. Das konnte aber der Frisur nicht viel schaden, denn die war mit Haarspray in eherne Form gebracht worden.

»Was willst du denn? Ich hab dich doch nicht gebeten diese dämliche Sendung zu machen, oder?« Jetzt brüllte Chelsea. »Jede Woche dieses peinliche Schauspiel. Erst schreibst du diesen Quatsch in der Zeitung, ziehst dich unmöglich an, zeigst deine knorpeligen Knie und dann redest du auch noch im Radio über Menstruation. Du willst immer die ›liebe Mutter mit Herz für die Jugend‹ sein. Wenn dann mal wirklich eine von meinen Freundinnen anruft, dann kriegst du einen Anfall. Ich begreif überhaupt nicht, was das soll!«

»Hör mal zu, das ist nicht – oh, verdammt noch mal,

das Telefon! Ich bin mit dir noch nicht fertig, meine Dame.«

Ginny grabschte den Hörer. »Leehampton 554…«

»Hallo, Ginny? Ich bin's, Ruth.« Mrs. Turnbull hörte sich nicht sehr glücklich an.

Ginny atmete aus. »Oh, hallo, Ruth – ich wollte dich auch grad anrufen. Hör mal, ich…«

»Du kannst dir wahrscheinlich denken, warum ich anrufe… ich…« Ruths Stimme wurde immer leiser und erstarb.

»Hör mal, Ruth, nicht doch. Es tut mir Leid, wirklich. Ich wollte das absolut nicht, ehrlich, das kannst du mir glauben. Ich konnte den Anruf aber nicht totschweigen, als er durchgestellt worden war. Sie hatte natürlich einen falschen Namen angegeben, deshalb hatte ich keine Ahnung, wer es war, bis ich ihre Stimme hörte. Und auch da brauchte ich noch etwas Zeit, bis ich wirklich merkte, was los war.«

»Oh, Ginny, ich geb dir doch nicht die Schuld – es ist meine Tochter, die ich mit Freuden erwürgen könnte. Ich komme mir so bloßgestellt vor…«

»Brauchst du nicht, ehrlich nicht.«

Ruth seufzte. »Wer Laura hörte, könnte denken, ich hätte eine Wahnsinnsaffäre, aber das stimmt überhaupt nicht! Melvyn ist ein Freund – ein guter Freund, aber zwischen uns läuft nichts, ich meine…«

Ginny murmelte irgendetwas Tröstliches und fragte sich, warum Barrys Essen so seltsam roch. Warum hatte er nicht einfach Spagetti gekocht?

»Und was wird Peter denken? Gerade jetzt, wo wir uns wieder ein bisschen angenähert hatten.«

»Och, warum sollte er sich das Teenagergeplapper angehört haben? Unwahrscheinlich!« Ginny klang beruhigend.

»Ich kann es nur hoffen. Bloß diese Gören von Betsy, die hören pausenlos Radio. Aber so wie ich ihn kenne, hätte er nicht mal gemerkt, dass es seine Tochter war. Oh, Ginny, warum hat sie das bloß gemacht? Warum hat sie nicht mit mir geredet?« Ruth hörte sich an, als würde sie gleich weinen.

Ginny seufzte. »Weil sie pubertiert, weil sie denkt, dass sie alles weiß, weil sie glaubt, du hast null Ahnung – kurz gesagt, weil sie ein nerviger, aufgeblasener, total normaler Teenager ist.«

»Was werden jetzt ihre Freundinnen von mir denken? Und schlimmer noch – was werden die Eltern ihrer Freundinnen von mir denken? Die halten mich wohl für ein Flittchen, die werden bestimmt...«

»Schluss damit, Ruth! Hör mal zu. Erstens, was glaubst du wohl, wie viele Eltern zugehört haben? Antwort: Wahrscheinlich niemand. Zweitens, wer, glaubst du, von denen, die zugehört haben, hat Lauras Stimme erkannt? Erinnere dich, sie hat sich Becky genannt. Die anderen Eltern waren bestimmt alle viel zu sehr mit Staubsaugen, Autowaschen und Kinderanschreien beschäftigt, um sich über eine Teeniedame im Radio Gedanken zu machen, die sich über ihre Mutter beklagt.«

Ruth lachte schwach. »Wahrscheinlich hast du Recht. Wahrscheinlich mach ich gerade das, was Laura sonst immer macht: einen Berg aus einem Maulwurfshügel und aus jeder kleinen Angelegenheit ein Riesendrama. Egal, ich hatte Laura daraufhin verboten in die Disco zu gehen – ich fand, es war an der Zeit, ihr Grenzen zu setzen und ihr zu zeigen, wer das Sagen hat.«

»Ganz recht, ich werd das Gleiche mit Chelsea machen.«

»Nein, warte! Ich hatte ihr gerade die Disco verboten, als Claire Farrant anrief – das ist die Mutter von dem neuen Mädchen, Jemma ...«

»Ja, ja, ich weiß. Ihr Vater ist der neue Oberarzt im Städtischen Krankenhaus, wir haben letzten Monat in der Zeitung ein Interview mit ihm gebracht.«

»Aha. Na gut, also diese Mutter sagte, sie würde Jemma nur in die Disco lassen, wenn Laura und Chelsea mitgingen. Tja, was sollte ich da machen? Ich gab nach. Jetzt wird mein Fräulein Tochter zwar denken, sie könnte mich um den Finger wickeln – ach, übrigens, eh ich's vergesse: Mrs. Farrant will sie fahren. Du kannst also Barry heute Abend freigeben. Ach ja, und Laura will vorher kommen und bei euch warten, bis sie abgeholt wird. Anscheinend ist unsere Straße so schauderhaft, dass man niemanden dorthin fahren lassen kann.«

Ginny stöhnte. »Also so was: diese Gören! Wer will eigentlich Kinder? Äh, Ruth ...«

»Ja?«

»Du bist doch nicht sauer auf mich?«

»Natürlich nicht!«

»Gut.«

Chelsea hatte sich über das Treppengeländer gebeugt und heimlich alles mit angehört. Jetzt stieß sie einen Seufzer der Erleichterung aus. Man hatte ihr die Disco heute nicht verboten!

»Chelsea!«

Na ja, bisher jedenfalls nicht. Sie flitzte zurück in die Küche. Ihre Mutter schwenkte eine schmutzige Pfanne.

»Kannst du denn niemals ein bisschen helfen?«, brüllte sie. »Dreckige Teller in der Spüle, Eigelbkleckse auf dem Tisch – du hättest doch wenigstens schon mal ein bisschen aufräumen können, während ich den Mist wieder in Ordnung bringe, den du bei meiner Freundin verzapft hast.«

Chelsea wusste, es war besser, wenn sie nicht widersprach. Sie hatte schließlich diesen südamerikanischen Müll hier nicht gekocht. Warum konnte Papa eigentlich nicht selber aufräumen? Doch so, wie die Dinge lagen, war es vielleicht ganz angebracht, mit dem Abtrockentuch ein bisschen Erste Hilfe zu leisten.

Sumitha erledigt den ersten Teil

Drüben in der Wellington Road zählte Sumitha die Minuten bis zur Abreise ihrer Eltern.

»Also dann, Sumitha. Benimm dich, während wir weg sind«, sagte Mr. Banerji, als er den Koffer sorgfältig im Auto verstaute. Er war ein Mann, der auf jede

Kleinigkeit sehr achtete, von den spiegelblank polierten Schuhen bis zur exakt bemessenen Zeitdauer, die seine Tochter für ihre Französisch-Hausaufgaben benötigte.

»Ja, Papa«, sagte Sumitha. Sie überlegte, was ihr Vater wohl sagen würde, wenn er wüsste, was sie vorhatte.

»Wir bringen dich hin und fahren dann weiter, dann kann ich noch mit Mrs. Turnbull sprechen«, sagte Sumithas Mutter.

»Hol deine Sachen, mein Herzchen.«

Sumithas Herz sank in die Hosen. Wenn sie sie dort rausließen, dann wurde bestimmt die Disco erwähnt.

»Dazu reicht die Zeit nicht, Chitrita«, sagte ihr Vater. »Wir sind jetzt schon reichlich spät dran.«

»Aber Rajiv, das sieht sonst so unhöflich aus…« Mrs. Banerji zupfte an ihrem Sari aus jadegrüner und goldener Seide, den sie für den bevorstehenden Ball gekauft hatte.

»Das ist schon okay, Mama«, sagte Sumitha. »Lasst mich doch einfach am Ende der Straße raus. Ich richte dann Mrs. Turnbull Grüße von euch aus und sag ihr, dass ihr es ganz eilig hattet.«

»Ja? Na ja, wenn du meinst, das geht…«

»Chitrita, wir müssen jetzt los.« Sumithas Vater war jemand, den man nicht warten ließ.

Den ganzen Weg bis zum Wordsworth Close gaben die Eltern Sumitha Anweisungen. »Sag immer schön bitte und danke. Biete deine Hilfe beim Abräumen an. Lass keine nassen Handtücher im Badezimmer liegen.«

Den ganzen Weg über sagte Sumitha ja und nein, wenn sie fand, dass es passte.

Als sie dem davonfahrenden Auto hinterherwinkte, seufzte sie erleichtert auf. Einen Augenblick lang hatte sie schon geglaubt, ihre schönen Pläne wären im Eimer. Falls die Eltern zu Laura mit hineingekommen wären und falls Lauras Mutter dann irgendwas wegen der Disco gesagt hätte …

Sie klingelte.

»Hallo, Sumitha«, sagte Lauras Mutter. »Kommen deine Eltern nicht mit rein?«

»Nein, Mrs. Turnbull, sie hatten es furchtbar eilig. Sie baten mich Ihnen ihren Dank auszurichten.« Sumitha lächelte gewinnend.

»Ach herrje, und ich wollte mich noch mal vergewissern, dass alles geklärt ist wegen der Disco heute Abend.« Mrs. Turnbull sah besorgt die Straße hinab.

»Ach das. Ich hab meine Sachen mitgebracht.« Sumitha hielt ihren Rucksack hoch.

Hm. Sie hatte nicht gesagt, dass die Eltern über den Inhalt des Rucksacks Bescheid wussten, verteidigte sie sich vor sich selbst. Nur, dass sie alles mithatte.

»Oh, na gut.« Lauras Mutter drehte sich um. »Laura! Sumitha ist hier!«

Laura erschien im Flur. »Alles okay?«, erkundigte sie sich mit wissendem Blick. »Super! Einfach super.« Sie hatte in der Theatergruppe gelernt, ihre Gesichtszüge zu beherrschen. Manchmal war das ganz nützlich.

Mr. Turnbull denkt über alles nach

Lauras Vater war noch einmal zu dem alten Haus in Preston Abbott gefahren, um einen letzten Blick darauf zu werfen. Betsy war zu Hause und kümmerte sich um den blassen Daryl und Sonia war mit ihren Freundinnen zum Bowling gegangen. Peter hatte oft an die Vergangenheit gedacht und wollte das Haus noch einmal sehen. Es sah jetzt noch scheußlicher aus als zu der Zeit, als sie darin gewohnt hatten, dachte er. Natürlich war es verrückt gewesen, so ein Haus zu kaufen – es hatte zwei Jahre lang leer gestanden, bevor sie es gefunden hatten. Deshalb hatten sie es auch billig bekommen. Es war das Pfarrhaus gewesen, als die Pfarrer noch in großem Stil gelebt hatten. Er und Ruth hatten damals tolle Ideen gehabt, wie sie dem Haus wieder zu seiner früheren Schönheit verhelfen und es mit Antiquitäten voll stellen wollten.

Bald erkannten sie, dass große Räume zwar sehr schön aussehen, aber riesige Heizungskosten verursachen und dass alte Häuser feucht sein und den Holzbock haben können. Sie gaben ihr ganzes Geld für Heizung und Dachreparaturen aus. Schließlich fingen sie an das Haus zu hassen, weil es sie ihre ganze Zeit und ihr ganzes Geld kostete. Sie konnten nicht mehr in den Ferien verreisen, sondern kauften stattdessen Abwasserrohre. Jeden Winter kämpften sie von neuem mit dem altersschwachen Boiler und rückten alle Möbel so nah an die Heizkörper, wie es nur ging.

Als er und Ruth die Trennung beschlossen, war keiner von ihnen über den Auszug aus dem Haus traurig. Nur Laura war am Boden zerstört. Das Haus passte gut zu ihrem theatralischen Wesen. Sie hatte allen erzählt, es gäbe darin ein Gespenst. Stundenlang saß sie in dem baufälligen Gartenhaus und schrieb Geschichten über ausgedachte Familien, die früher hier gelebt hatten.

Den Namen »Altes Pfarrhaus« fand sie vornehm, und sie gab ihn auch immer als Adresse an statt Woodland Lane 26.

»Lass die Straße weg, Papa«, hatte sie gesagt, als er neues Briefpapier bestellen wollte. »Das sieht so viel vornehmer aus.«

Peter grinste vor sich hin. So war Laura – sie wollte immer, dass alles vom Feinsten war. Sie hatte auch ihren Freundinnen erzählt, er wäre ein internationaler Finanzfachmann. Tatsächlich arbeitete er als Buchhalter bei einer Import-Export-Firma. Als sie einmal zehn Tage an der Loire Camping gemacht hatten, hatte sie den Leuten erzählt, sie hätten das Schloss von Freunden besucht. Wahrscheinlich war sie leider ein Snob. Aber ein sehr liebenswerter kleiner Snob.

Er hoffte nur, dass sie glücklich war. Daran hatte er bisher nie gezweifelt – sie war immer fröhlich am Schnattern, wenn er mal einen Tag mit ihr verbringen konnte. Wenn sie ihn anrief, ließ sie ihn kaum zu Wort kommen.

Aber manchmal war er sich nicht sicher. Wie heute

Morgen. Ständig ging ihm die Radiosendung durch den Kopf. Wenn doch nur Daryl nicht genau in diesem Moment das Auto voll gekotzt hätte, dann hätte er auch den Rest hören können.

Es klang so, als hätte Ruth einen neuen Freund. Wie schön für sie, und er würde sich weniger schuldig fühlen, wenn er wüsste, dass sie glücklich war. Aber Laura hatte offensichtlich Kummer, das tat ihm Leid. Vielleicht sollte er sie heute Abend anrufen? Ja, genau, er würde mit ihr telefonieren und erfahren, was los war.

Jemma verbirgt etwas

Jemma starrte wütend ihr Spiegelbild an und riss das Gummiband aus ihrem Pferdeschwanz. Sollte sie die Haare jetzt aufstecken? Sie hatte das Titelbild einer Illustrierten zum Vorbild genommen und gemerkt, dass diese Frisur sie viel älter machte. Aber wenn sie sich mit einem französischen Zopf unten blicken ließ, dann bekam ihre Mutter einen Herzanfall und alles käme raus. Sie würde sich eben erst in der Disco kämmen.

»Komm schon, Jemma-Schätzchen, es wird Zeit.« Mrs. Farrants Stimme drang nach oben.

Jemma holte tief Luft. Das war's. Sie musste heute Abend einen guten Eindruck machen. Wenn man mitten im Schuljahr die Schule wechselt, ist es sehr schwer, neue Freunde zu finden. Wenn man dazu noch eine Mutter hat, die einen unbedingt so behandeln will, als wäre man ein Kindergartenkind statt fast vierzehn, die einem Dinosaurierkekse als Pausenfrühstück mitgab und nichts dabei fand, wenn sich die ganze Welt über einen kranklachte, dann war das sicher schwieriger. Aber Laura Turnbull war echt nett zu ihr gewesen, und als Laura sie gefragt hatte, ob sie zum *Stomping Ground* mitkommen wollte, konnte Jemma ihr Glück gar nicht fassen. Jetzt würde sie nichts tun, was den Abend gefährden könnte.

Sie hatte Maskara, Lidschatten und Lippenstift – die sie heute Morgen heimlich gekauft hatte, als sie Zahnpasta und Schaumbad besorgen sollte – in ihre Anoraktasche gesteckt und zog nun den Reißverschluss bis ganz nach oben, um ihre Kleidung zu verstecken. Sie hasste diesen Anorak – so was trugen doch nur Kinder! –, aber diesmal war er ganz nützlich. Sie hatte die hochhackigen silbernen Sandaletten aus dem Kleiderschrank ihrer Mutter »geborgt« und steckte sie in ihre Tasche. Ihre Mutter würde das nicht merken. Sie trug sie niemals, sie trug ja nie etwas, das auch nur im Entferntesten schick war.

»Jetzt hör mal, Jemma-Mäuschen«, fing Mrs. Farrant an, als sie den Wagen aus der Einfahrt auf die Billing Hill Street manövriert hatte, »nimm nichts von Fremden an, keine Süßigkeiten, keine Getränke ...«

»O Mama, hör schon auf! Ich bin doch kein Baby mehr.« Jemma stöhnte. »Ich geh nur in eine Disco, nicht in eine Lasterhöhle, weißt du.«

»Na ja, man kann nie vorsichtig genug sein«, sagte ihre Mutter. »Bist du sicher, dass du alles dabei hast? Telefongeld? Kamm? Bist du auch warm genug angezogen? Es ist abends immer noch sehr kühl. Was hast du denn darunter an?«

»Äh, was? Ach so, meine weiße Bluse«, sagte Jemma und kreuzte hinter ihrem Rücken rasch die Finger.

»Oh, wie hübsch, mein Schätzchen. Die, die ich dir im Zwergenladen gekauft habe? Sehr hübsch.«

»Ich glaube, wir sind hier gleich in Chelseas Straße.« Jemma beeilte sich, das Thema zu wechseln. »Sie sagte, es sei das erste Haus links nach der Kirche.«

»So, meine Süße«, Mrs. Farrant hielt vor Nummer 19 an. »Ich spring schnell rein und hole deine Freundinnen.«

»MAMA! Du brauchst nur kurz zu hupen!«

Mrs. Farrant warf Jemma einen vorwurfsvollen Blick zu. »Schätzchen, hupen ist unhöflich. Ich werde schon mal wenden und du gehst rein und holst die beiden.«

Es knirschte markerschütternd, als Mrs. Farrant versuchte den Rückwärtsgang einzulegen. Ein Rhododendronbusch erzitterte, als die Hinterräder sich in ein Blumenbeet wühlten.

»Oh, Mama. Bleib, wo du bist! Mach am besten gar nichts. Sitz einfach da.«

Letzte Vorbereitungen

Während Jemma sich mit ihrer Mutter abmühte, legten Chelsea, Sumitha und Laura letzte Hand an ihr Outfit.

»Seid ihr sicher, dass ich okay aussehe? Glaubt ihr nicht, dass dieses Top mich zu dick macht? Was ist mit meinem Pickel? Kann man den sehen?« Chelsea zog ihrem Spiegelbild eine Grimasse.

»Du siehst toll aus«, sagte Laura, die mit weit aufgerissenen Augen in den Badezimmerspiegel starrte, während sie versuchte mit dem Kajalstift von ihrer Mutter eine gerade Linie zu ziehen und dabei die Zungenspitze zeigte.

»Ehrlich!«

»Was soll ich bloß mit meinen Haaren machen?«, jammerte Sumitha. »Ich wünschte, ich könnte sie abschneiden. Ich hasse sie!« Sie schüttelte den Kopf und schleuderte ihr langes schwarzes Haar nach hinten.

»Hast du ein Glück«, stöhnte Chelsea. »Du könntest deins aufstecken. Meins ist nicht mehr kurz und noch nicht lang und kräuselt sich schrecklich. Ich glaub, das wächst überhaupt nicht mehr.«

»Wenigstens hat deins eine anständige Farbe!«, klagte Laura. »Rotblond ist doch das Allerletzte! Hast du schon mal ein Supermodel mit rotblondem Haar gesehen?«

»Aber du wolltest doch Schriftstellerin werden und nicht Supermodel«, widersprach Chelsea.

»Darum geht es doch gar nicht.«

»Egal, kastanienbraunes Haar ist ein Zeichen für Kreativität.« Sumitha nickte wissend. »Massenhaft viele Dichter hatten kastanienbraunes Haar.«

Schon ging es Laura besser.

»Welche Klamotten, glaubt ihr, hat Jemma heute an?«

Laura machte einen Schmollmund und verteilte darauf großzügig Wildrosenrosa. »Ihre Mutter ist furchtbar altmodisch, was Klamotten, Make-up und so was angeht.«

»Tja, die macht ehrlich einen komischen Eindruck – Jemma, meine ich. Die ist noch wie ein Baby. Ich weiß ja, dass sie in unserem Jahrgang die Jüngste ist, aber sie wirkt echt ein bisschen kindisch. Ich glaube, die macht sich beim kleinsten bisschen in die Hosen. Warum hast du sie eigentlich eingeladen?«

»Och, weiß ich auch nicht.« Laura verzog die Lippen. »Sie hat mir Leid getan. Sie kennt noch niemanden. An dem Tag, als ihre Mutter im Klassenzimmer aufkreuzte, um sie abzuholen, war ihr das so furchtbar peinlich. Stell dir doch mal vor, deine Mutter würde das tun! Und dann auch noch diese grässlichen kackbraunen Strumpfhosen, die sie anhatte!«

Alle kicherten.

»Vergiss nicht den Südwester!« Chelsea japste.

»He, ihr, Mrs. Farrant ist da!«, rief Ginny von unten.

Sumitha stand stocksteif.

»Wieso? Fährt denn nicht deine Mutter?«, fragte sie Chelsea.

»Nö. Mrs. Farrant möchte, dass wir ihre kleine Tochter ans Händchen nehmen.« Chelsea verzog das Gesicht. »Als Ausgleich dafür fährt sie uns.«

»O nein!« Sumitha schnappte nach Luft. »Ich dachte, wir treffen Jemma erst da.«

»Wieso? Warum macht das einen Unterschied, wer uns fährt? Hauptsache, wir kommen da hin!« Laura steckte ihre Make-up-Utensilien ein.

»Aber Mr. Farrant ist der neue Hals-Nasen-Ohren-Arzt am Städtischen Krankenhaus, wo mein Vater arbeitet! Mein Vater ist der Röntgenologe, und wenn mein Vater irgendwas über heute Abend erfährt …!«

»Och, wird er schon nicht.« Chelsea schlüpfte in ihre schwarze Lederjacke und schmierte einen letzten Klecks Gel ins Haar. »Väter unterhalten sich doch nie über solche Sachen. Wahrscheinlich hat Jemmas Vater eh nicht die leiseste Ahnung, dass heute Abend Disco ist. Meiner jedenfalls lebt in einer ganz anderen Welt als ich«, fügte sie beruhigend hinzu.

»Hoffentlich.« Sumitha hörte sich nicht so an, als wäre sie völlig überzeugt.

»He! Ihr da oben! Lasst Mrs. Farrant doch nicht warten!«, rief Ginny genervt. Sie polterten nach unten.

»Also, Chelsea, denk an das, was ich dir gesagt habe«, fing Ginny an. »Keine Zigaretten, lass dir von niemandem was anbieten …«

»Och, Mama, nun hör schon auf! Du bist doch nicht mehr auf Sendung!«

»Ich wollte dich nur dran erinnern«, erwiderte Ginny ruhig. »Besser einmal zu viel als einmal zu wenig ermahnt. Amüsiert euch gut, ihr drei – bis später!«

Chelsea, Sumitha und Laura quetschten sich auf den Rücksitz von Mrs. Farrants Polo und tauschten beim Anblick von Jemma in ihrem grüngelb-lila gestreiften und bis zum Hals verschlossenen Anorak bedeutungsvolle Blicke aus. Jemma hatte ein puterrotes Gesicht, aber sie machte den Anorak nicht auf.

»Meine Güte, Chelsea, ist der Pulli nicht ziemlich kurz?«, sagte Mrs. Farrant. »Wirst du nachher nicht frieren?«

»Mama ...«, zischte Jemma und ließ sich vor lauter Schmach noch tiefer in ihren Anorak sinken.

»Es ist ein Häkeltop, Mrs. Farrant.« Chelsea lächelte süß. »Absolut das Neueste.«

»Es zeigt eine Menge, nicht wahr?«, erwiderte Jemmas Mutter mit einem Blick in den Rückspiegel und schwenkte plötzlich auf die Straßenmitte zu. Ein entgegenkommender Lastwagenfahrer machte eine Handbewegung, die deutlich verriet, was er von Autofahrerinnen der reiferen Jahrgänge hielt.

Mrs. Farrant war über die Mädchen ziemlich überrascht – die waren reichlich stark geschminkt. Sie war froh, dass Jemma damit nichts im Sinn hatte. Sie fand es so schade, wenn Kinder zu schnell erwachsen wurden. Sie schielte wieder in den Spiegel und hätte fast den Bordstein gerammt.

»Mama!«

Für Jemma waren die Fahrkünste ihrer Mutter genauso peinlich wie deren Vorliebe für Rüschenblusen und weiße Söckchen. Mrs. Farrant war mehrere Male durch die Fahrprüfung gefallen und setzte sich nur hinters Steuer, weil Mr. Farrant in seinem Krankenhaus immer viel zu beschäftigt war. Sie fuhr die Zwillinge zum Spielkreis oder Sam zum Schwimmunterricht.

Glücklicherweise kannte Mrs. Farrant den Weg zum *Stomping Ground* nicht genau und der Rest der Fahrt verging ohne weitere Kommentare zum Modegeschmack ihrer Passagiere. Nach dreimaligem falschen Abbiegen, zweimaligem Umkreisen des St.-Andrews-Kreisels und einem kurzen Abstecher in die falsche Richtung einer Einbahnstraße kamen sie an.

»Also, meine Schätzelchen, ihr werdet doch bestimmt auf meine Jemma Acht geben …«

»MAMA!« Jemma knallte die Tür zu und rannte zum Eingang. Die anderen lächelten liebreizend, nickten Mrs. Farrant gehorsam zu und liefen dann auch los.

Alle drei waren der Meinung, dass sie zwar nicht die tollsten Mütter erwischt hatten, aber es hätte auch sehr viel schlimmer kommen können. Wenigstens wurden sie nie Schätzelchen genannt.

Hitzewelle

Um halb acht war Jemma sehr zufrieden. Sie hatte gleich hinter dem Eingang Lauras Arm ergriffen und sie zur Toilette gezerrt.

»Was ist los? Ist dir schlecht?« Laura keuchte und hoffte von ganzem Herzen, dass Jemma nicht durchgedreht hatte.

»Nein, ich brauch nur deine Hilfe.« Jemma holte ihr Make-up und die silbernen Sandaletten hervor. Laura betrachtete sie mit unverhülltem Neid.

Dann hatten sie Jemma die Augen so geschminkt, wie es in der letzten Nummer von *Teenie*! empfohlen worden war (»Sieht verführerisch und gleichzeitig unnahbar aus«), hatten sich großzügig mit dem Anais-Parfum eingesprüht, das Jemma zu Weihnachten von ihrer Gran gekriegt hatte, und ihr Haar in einem schicken Knoten oben auf dem Kopf zusammengezwirbelt und mit Hilfe einer halben Dose Haarspray fixiert.

»Du siehst toll aus«, hatte Chelsea gesagt, als Jemma in die Disco gewandert kam, na ja, eher gestolpert.

»Wow, Jemma! Du siehst ja ganz anders aus – irgendwie!« Sumitha war bei Jemmas Anblick kurz die Luft weggeblieben. »Das Top ist affengeil!« Laura beäugte Jemmas Samtbody bewundernd. »Wo hast du das her?«

»Aus Chicos Boutique. Meine Gran hat mir etwas Geld geschickt und ich hab meiner Mama erzählt, dass ich für eine Strickjacke spare, aber nun hab ich mir das hier gekauft.«

»Absolut mega«, sagte Sumitha. »Und erst die Schuhe!«

Sie fanden sie anscheinend gut. Also war Jemmas Welt wieder heil. Ihre Augenlider klebten zwar ständig aneinander fest (wahrscheinlich hatte sie eine Spur zu viel Maskara benutzt), und es juckte sie furchtbar auf der Stirn, aber das war ein kleiner Preis dafür, dass sie nun zur Clique gehörte.

Um acht Uhr zweiunddreißig war Laura im siebten Himmel. Sie nuckelte gerade an einer Cola Light, als sie IHN mit einem anderen Jungen hereinschlendern sah. Es war Jon. Ihre Hände wurden ganz feucht und ihr Herz machte auf einmal seltsame Dinge in der Gegend ihrer Rachenmandeln.

»Das ist er«, flüsterte sie aus dem Mundwinkel Chelsea zu.

»Wer?«

»Da drüben – SCHAU JETZT NICHT HIN! Es ist Jon. Ich hab dir doch von ihm erzählt. NICHT HINSEHEN! Ist er nicht süß?«

»Wenn ich nicht hinsehen darf, kann ich dir auch nicht sagen, ob er toll ist oder nicht«, bemerkte Chelsea aufreizend logisch.

»Ach, du meine Güte, er kommt hierher! Was soll ich nur tun? Was soll ich sagen? Oh…«

Jon schob sich an Laura vorbei, offensichtlich ganz vertieft in das Gespräch mit seinem Kumpel.

»Hallo«, flüsterte sie.

Jon hatte sie nicht bemerkt.

Um acht Uhr fünfunddreißig konnte Sumitha immer noch nicht so recht ihr Glück fassen. Es hatte geklappt. Sie war hier. Natürlich war es von Laura ganz schön frech, ihrer Mutter einfach zu erzählen, dass Sumithas Eltern es völlig in Ordnung fanden, wenn sie mitginge – aber was die nicht wussten, konnte ihnen auch nicht weh tun. Und sie würden das doch nie rauskriegen. Oder? Na ja, falls sie es rauskriegten, würde sie sich mit den Folgen eben abfinden müssen.

Wenigstens hätte sie dann ihren Spaß gehabt – und das konnten sie ihr nicht mehr nehmen.

»Geh weiter«, zischte Jon Rob auf dem Weg zur Snackbar zu.

»Hä?«

»Mach schon, da rüber, jetzt!«

Rob ging weiter – unterstützt von der Kniescheibe eines heftigen Jon an seinem Schenkel.

»Das ist das Mädchen, von dem ich dir erzählt habe, die, mit der ich heute zusammengerumst bin«, sagte er leise.

Er konnte sehen, wie sie ihn mit ihren großen grünen Augen anstarrte. Ihr Gesicht hatte einen seltsamen Ausdruck. Der war irgendwie entnervend. Jon drehte sich zu Rob um, aber der war mit einem Mädchen von seiner Schule auf die Tanzfläche verschwunden.

»Wissetanzen?«, knurrte er das Mädchen links von sich an und ergriff sie am Arm. Alles, um ein Zusammentreffen mit Laura zu vermeiden. Die Erinnerung an den Zusammenstoß von heute Morgen war ihm immer noch schrecklich peinlich. Er hatte bestimmt wie der letzte Trottel ausgesehen, als er da aus der Einfahrt rausgeschossen kam, und sie hatte auch kein Blatt vor den Mund genommen, als sie ihm sagte, was sie von ihm hielt. Wahrscheinlich würde sie jetzt vor all ihren Freundinnen mit dem Finger auf ihn zeigen und ihnen erzählen, was er für ein Idiot war.

»Wissetanzen?«, wiederholte er und drehte sich um, um zu sehen, wessen Arm er da ergriffen hatte.

Sumitha konnte ihr Glück gar nicht fassen. Freier Ausgang und ein Junge zum Tanzen, und das alles an einem Abend!

Um Viertel vor neun amüsierte Chelsea sich sehr. Sie fand, Rob sah sehr sexy aus. Er ging in die Klasse über ihr, aber sie hatte ihn ein paarmal Fußball spielen sehen und fand, dass er hinreißende Oberschenkel hatte. Vielleicht war es das. Vielleicht begann jetzt ihre erste richtige Liebesgeschichte. Sie schloss die Augen und wiegte sich zu der Musik. Rob trat ihr auf den Zeh.

Um neun Uhr war Ginny pottsauer. Sie hatte den Kühlschrank abtauen wollen und dort, unter einem Bund verschrumpelter Radieschen, hatte sie Chelseas Gedicht gefunden.

»Barry!« Sie ging damit ins Wohnzimmer. »Barry!«, wiederholte sie. »BARRY!«, brüllte sie. Ihr Liebster schaute langsam von seinem Kreuzworträtsel auf.

»Mmmm«, murmelte er.

»Lies das!« Sie warf ihm den feuchten Zettel zu. Er kniff die Augen zusammen.

Er lachte leise. Er trank einen Schluck von seinem Kaffee und kicherte. »Oh, das ist gut, was? Ja, wirklich gut. Eins von Chelseas Meisterwerken, nicht? O ja, das hat was!«

»Aha! Du findest das also witzig?«, keifte seine Frau. »Und ich nehme an, du findest meinen Geschmack in Sachen Mode auch einen Anlass zu großer Belustigung?«

Barry versuchte ernst auszusehen. Aber es misslang. »Na ja, du musst zugeben, mein Schatz, du übertreibst manchmal ein bisschen. Du bist schließlich nicht mehr so jung wie damals und ...«

Die nächsten zwanzig Minuten war Barry damit beschäftigt, die Kaffeeflecken aus seinen Jeans zu waschen.

Ginny verbrachte die nächste halbe Stunde vor ihrem großen Spiegel im Schlafzimmer und überlegte, ob sie wirklich so eine Säule der Mode war, wie sie immer geglaubt hatte.

Barry fragte sich, ob er jemals lernen würde, den Mund zu halten. Er liebte seine temperamentvolle Frau von ganzem Herzen, aber manchmal war sie wirklich ein bisschen anstrengend und schwer auszuhalten. Sie hatte Probleme mit dem Älterwerden. Aber er liebte sie und wollte sie nicht wütend machen. Tja, dann ging er wohl mal besser Frieden schließen.

Um neun Uhr zwanzig klingelte das Telefon in Mrs. Turnbulls Haus. Es war Peter.

»Oh, hallo.« Ruth zögerte. »Wart mal, ich geh oben an den Apparat.«

Melvyn war im Wohnzimmer und reparierte die Tischlampe. Irgendwie konnte sie nicht unbefangen mit Peter reden, wenn er zuhörte.

»Na ja, also eigentlich wollte ich mit Laura sprechen«, sagte Mr. Turnbull, als sie den Hörer vom Schlafzimmerapparat abgenommen hatte.

»Die ist in die Disco gegangen.« Ruth war aus irgendeinem Grund enttäuscht, dass er nicht mit ihr hatte sprechen wollen.

»Oh. Hm. Äh, ich meine, es geht ihr doch gut, ja?« Er klang unsicher.

O nein! Er hatte zugehört. Bei der Seufzer-Hotline. Sie hatte es ja gewusst.

»Ja, es geht ihr gut. Warum?«

»Nur so, kein besonderer Grund. Ich wusste nur nicht...«

»Du hast es gehört, Peter, nicht?« Ruth wollte es kurz entschlossen hinter sich bringen. »Du hast diese Radiosendung gehört, in der Laura unter einem falschen Namen angerufen hat?«

»Ja, ein bisschen, stimmt. Bis Daryl sich im Auto übergeben hat, ja.«

Mrs. Turnbull musste gegen ihren Willen leise kichern.

Peter hatte den Anblick von Blut oder Kotze noch nie vertragen können.

»Hör mal, Peter, es war nicht das, was du denkst – ich meine, es ist – ach, ich kann jetzt nicht weiterreden.« Sie hörte Melvyn die Treppe hochkommen. Manchmal trottete er hinter ihr her wie ein kleiner verirrter Hund.

»Ist dieser neue Mann, Entschuldigung, der Knilch«, er lachte, »ist der jetzt bei dir?«

»Ja, sozusagen, aber er ist nur vorbeigekommen, um eine Lampe zu reparieren. Also, was ich sagen wollte, er ist nicht...«

»Ruth, ich finde das in Ordnung. Es freut mich für dich. Ich habe Betsy und ich bin froh, dass du jemanden gefunden hast. Was mir zu schaffen macht, ist Laura.«

»Laura geht's gut. Sie ist manchmal nur ein bisschen theatralisch«, erwiderte Ruth kurz angebunden.

»Wunderbar. Ich seh sie ja demnächst. Ciao.«

Mrs. Turnbull legte auf.

»Und ich hab gedacht, er ärgert sich über mein reges Liebesleben.«

Hexenstunde

Kurz vor zehn Uhr war Laura total verzweifelt. Sie hatte zugesehen, wie Jon mit Sumitha, mit Chelsea und sogar einmal mit Jemma getanzt hatte, aber nie mit ihr.

Jedesmal wenn sie versuchte seinen Blick aufzufangen, sah er weg. Er hatte kein einziges Wort mit ihr gewechselt, nicht mal, als sie ihn auf dem Weg zum Pizzabuffet absichtlich anrempelte. Bestimmt benahm er sich so, weil die anderen viel besser aussahen – Sumitha mit ihrem Koboldsgesicht, dem sagenhaften Haar und der Puppenfigur, Chelsea mit dem breiten Grinsen und dem unerschütterlichen Selbstvertrauen. Sogar Jemma sah heute Abend einfach spitze aus. Wenn sie doch nur etwas Schickeres angezogen hätte, dann hätte er sie bestimmt bemerkt. Daran war nur ihre Mutter schuld. Auf diese Weise würde sie sich nie einen Freund angeln.

»Was ist denn los?« Jemma sah sie besorgt an. »Du siehst ein bisschen unglücklich aus.«

Also erzählte Laura ihr von Jon und dem Rad und wie unheimlich klasse sie ihn fand. Jemma sagte: »Der wohnt neben uns«, mit der gleichen Stimme, mit der die Leute einem erzählen, dass auf der Hauptstraße Bauarbeiten im Gange sind.

»Neben euch? Ehrlich?« Laura stotterte.

»Ja. Seine Mutter brachte uns zum Einzug einen Kuchen und meine Mutter möchte, dass sie einen Blumenschmuck für unsere Diele macht. Jon geht auf die Bellborough Court – ich seh ihn jeden Morgen an der Bushaltestelle.«

Das Leben war einfach ungerecht, fand Laura. Nun musste sie sich auf jeden Fall mit Jemma anfreunden. Das könnte sich noch als äußerst nützlich erweisen.

Um zehn Uhr strahlte Chelsea über das ganze Gesicht. Sie kam mit Rob richtig gut klar, sie tanzten und unterhielten sich und küssten sich sogar – einmal.

Na ja, eher ein flüchtiges Küsschen, aber das konnte sie in der Schule am Montag ruhig etwas ausmalen. Außerdem hatte er sich nach ihrem Nachnamen erkundigt und wollte wissen, wo sie wohnte, und lauter solche Sachen. Sie jubelte innerlich: Ich hab's geschafft, er will sich mit mir verabreden!

»Gee? Bist du am Ende mit dieser Ginny Gee aus dem Radio verwandt? Die auch für das *Echo* schreibt?«

Chelsea grunzte was Unverständliches.

»Wie bitte?«

»Na ja, also ehrlich gesagt, sie ist meine Mutter.«

»Mega! Wow, man stelle sich nur mal vor – so eine Berühmtheit als Mutter! Ich hatte keine Ahnung, dass du ihre Tochter bist. Sie schreibt echt witzige Sachen. Meine Mutter kringelt sich immer bei ihren Artikeln.«

»Ach ja?«

Sie tanzten noch ein bisschen. Chelsea versuchte verzweifelt, eine geistreiche Bemerkung zu machen.

»Kann ich dich morgen mal besuchen kommen?«, fragte Rob plötzlich.

»Ja, na klar«, sagte Chelsea atemlos.

»Toll. Um wie viel Uhr?«

»Och, egal, wann immer du willst.«

Rob hielt sie eng an sich gedrückt und Chelsea war selig.

Um zehn Uhr machte sich Sumitha langsam Sorgen. Jemmas Mutter würde bald kommen und sie abholen, und Jon tanzte immer noch mit ihr. Ganz eng. Es war himmlisch. Er war richtig nett und sogar ein ziemlich guter Tänzer. Aber Sumitha fand es zu riskant, wenn Mrs. Farrant sie mit Jon tanzen sah. Auf jeden Fall durfte ihr Vater nie davon erfahren. Und was sie bisher von Mrs. Farrant gesehen hatte, deutete ziemlich klar darauf hin, dass sie alles ausplaudern würde.

»Ähem, hrm, Entschuldigung. Ich muss mal verschwinden«, sagte sie zu Jon und rannte von der Tanzfläche durch die Schwingtür zur Toilette.

Um Viertel nach zehn litt Jemma unter Höllenqualen. Die silbernen Sandaletten hatten an ihren Füßen Riesenblasen gemacht und sie verspürte eine Art allergische Reaktion auf das Make-up, ihre Wangen brannten und juckten, und ihre Augen tränten. Aber sie war glücklich. Sie hatte viel getanzt und sich mit vielen Leuten unterhalten. Doch jetzt konnte jede Sekunde ihre Mutter hier auftauchen – die war immer überpünktlich –, und sie musste sich noch das Make-up abwischen und Chelsea, Laura und Sumitha einsammeln, damit sie draußen auf dem Bürgersteig bereitstanden. Auf keinen Fall wollte sie sich ein Verbot für das nächste Mal einhandeln, nur weil sie gebummelt hatte. Sie eilte zur Toilette und verwandelte sich blitzschnell in Jemma Farrant, die gehorsame Tochter im Anorak.

Jon hatte sich gut amüsiert. Er hatte Laura ausweichen können, obwohl er merkte, wie sie ihn mit Blicken durchbohrte. Wahrscheinlich hatte sie allen von heute Morgen erzählt. Aber er hatte sich mit Sumitha blendend unterhalten. Sie war viel interessanter als die meisten anderen Mädchen, die er angequatscht hatte. Auf einmal überraschte er sich dabei, dass er ihr von seinem Vater erzählte, der ihn unbedingt studieren lassen wollte. Sumitha hatte Jon daraufhin gestanden, dass ihr Vater ihr dauernd Dinge verbot, die ihre Freundinnen alle tun durften. Dann hatte sie ihn gefragt, was er denn, statt zu studieren, tun wolle, und er hatte es ihr verraten. Sie hatte ihm Löcher in den Bauch gefragt und ihm zugeredet, dass er das tun solle. Er hatte ihr geraten, sich die Haare schneiden zu lassen, danach könne ihr Vater ja nichts mehr ändern.

»Nur warten, dass sie wieder wachsen!«, hatte sie geantwortet und sie hatten gelacht. Es war wirklich ein schöner Abend gewesen.

Mist!

»Großer Gott! Meine Mutter!« Jemma blieb hinter der Tür zur Toilette wie angewurzelt stehen. Da stand sie mitten auf der Tanzfläche, in einem langweiligen Faltenrock, blauen Wollstrümpfen und Wanderschuhen und sah beunruhigt aus.

»Chelsea, Laura – hallo, meine Schätzelchen, ab nach Hause!«, rief sie mit schriller Stimme und hielt ihre Hand schützend über die Augen, während sie in das grelle Licht blinzelte.

»Wo steckt denn Jemma?«

Jemma bewegte sich nicht. Ach, hätte sich doch nur die Erde vor ihr aufgetan und sie verschlungen! Was dachte Mama sich nur? Kam hier rein und brachte sie vor allen Leuten so in Verlegenheit! Das wusste doch jeder, dass man sich so nicht benehmen konnte – Eltern mussten draußen warten. Keine andere Mutter benahm sich so daneben. Wusste sie denn gar nicht, was sich in der Öffentlichkeit gehörte? Sie hatte ihr doch in leicht verständlichen Worten klargemacht, dass sie draußen warten sollte.

Sie sah, wie Chelsea und Laura mitten in einer Drehung stehen blieben, und konnte sich nur noch mühsam beherrschen, sonst wäre sie in hysterisches Kichern ausgebrochen. Einige Jugendliche stießen sich in die Seite und lachten hinter vorgehaltener Hand. Jemma wäre am liebsten gestorben.

»Ach du liebes Gottchen«, hörte Jemma ihre Mutter sagen, »was ist das denn für ein Krach?«

»Dschungelmusik«, antwortete Chelsea etwas gereizt. »Ich geh eben und hole Jemma«, fügte sie dann sehr viel lauter hinzu, damit niemand von den Zuschauern auf den Gedanken kam, dass diese Frau etwas mit ihr zu tun haben könnte.

Jemma ließ den Kopf hängen. »Schon gut, Chelsea, ich bin schon da.« Sie ging zu ihrer Mutter.

»Alle glotzen dich an. Geh raus! JETZT!«

»Tut mir Leid, mein Schätzelchen, aber ...«

»Nenn mich nicht Schätzelchen!«, fauchte Jemma.

»... ich konnte keinen Parkplatz finden, deshalb musste ich oben auf dem Marktplatz parken. Nun kommt schon. Wo ist denn die kleine Sumitha? Ach, da ist sie ja ... äh, wer ist denn das neben ihr? Oh, du meine Güte!«

Jemmas Mutter stand mit offenem Mund da und gab eine ziemlich gute Nachahmung von einem vom Blitz getroffenen Goldfisch.

»Ist das nicht Jon Joseph von nebenan?«, fragte Mrs. Farrant.

»Ja«, murmelte Laura. Den ganzen Abend hatte sie gelitten, weil Sumitha so ekelhaft gut tanzen konnte. Nun verabschiedete sie sich auch noch unnötig freundlich von Jon, und das gefiel Laura überhaupt nicht.

Mrs. Farrants unaufhörliches Geplapper erstarb zu einer Art würgendem Keuchen. Die kleine Sumitha Banerji, die Tochter des netten Rajiv Banerji aus der Röntgenabteilung, der beim Sommernachtsball des Förderkreises neben ihr gesessen hatte, stand da in enger Umarmung mit Jon, Anonas Sohn. Sehr eng. Man konnte, wie Mrs. Farrant mit Schrecken feststellte, kaum noch erkennen, wo Jon aufhörte und Sumitha Banerji anfing.

»Sumitha, Engelchen! Komm jetzt bitte her!«, rief sie.

»O Mama! Hör auf!«, stöhnte Jemma. Chelsea und Laura waren bereits in hellem Entsetzen nach draußen geflohen.

Sumitha schluckte. Sie hatte nicht bemerkt, dass Mrs. Farrant gekommen war, und gedacht, sie hätte noch genügend Zeit, um sich von Jon zu verabschieden, bevor sie nach draußen musste. Als sie den Gesichtsausdruck von Mrs. Farrant sah, wurde Sumitha leicht übel.

Claire Farrant war sehr überrascht, dass Sumitha so, na ja, eng mit Jon bekannt war. Sie hatte die Banerjis für Eltern gehalten, die so ein Benehmen ihrer Tochter in aller Öffentlichkeit nicht duldeten. Schließlich war sie noch ein Kind. Tja, manche Eltern hatten eben keine Kontrolle über ihre Kinder. Jemma hatte es dagegen gut, die hatte eine Mutter, die stets nur das Wohl ihres Kindes vor Augen hatte. Mrs. Farrant scheuchte ihre Fahrgäste zum Auto und wunderte sich, dass die ihre Köpfe hängen ließen und aussahen, als wären sie am liebsten meilenweit weg.

»Was TRÄGST du denn da, mein Fräulein?«, fragte sie plötzlich, als ihr Blick Jemma gestreift hatte. Vor lauter Verlegenheit hatte Jemma vergessen ihren Anorak zuzumachen. Aber das war jetzt auch egal. Wenn schon. Ihr Leben war ohnehin ruiniert.

Der Augenblick der Abrechnung

In Mrs. Farrants Polo hätte man die Luft mit dem Messer schneiden können. Jemma saß auf dem Beifahrersitz und schämte sich schier zu Tode, während sie gegen die Tränen der Enttäuschung ankämpfte. Mrs. Farrant saß bolzengrade, klammerte sich am Steuerrad fest und ließ sich lang und breit darüber aus, was es bedeutete, wenn man frühreif war, sich billig machte, die falschen Signale aussandte und sich mit der falschen Sorte Leute einließ. Die anderen saßen hinten und versuchten mit aller Macht, ernst zu bleiben, und fragten sich, ob sie vielleicht die falsche Art von Leuten waren. Laura sah aus dem Fenster, dachte an Jon und hasste Sumitha, weil sie ihn den ganzen Abend mit Beschlag belegt hatte. Er war ihr Freund und nicht der von Sumitha. (Laura übersah dabei großzügig die Tatsache, dass man durch den Zusammenstoß mit einem anderen Fahrradfahrer und einem anschließenden Wortwechsel noch keineswegs Besitzrechte an dem Unfallgegner erhielt.)

In der Zwischenzeit sandte Sumitha zu allen ihr

bekannten und unbekannten Göttern das Gebet: »Bitte, bitte, bitte, lasst Papa das nie rausfinden!«

»Vielen Dank, dass Sie uns abgeholt haben, Mrs. Farrant«, sagte Chelsea in der Hoffnung, dass man die erboste Frau mit guten Manieren beruhigen könnte.

Mrs. Farrant knirschte mit den Gängen.

»Ja, es war sehr nett von Ihnen«, fügte Laura hinzu. »Es war ein wunderbarer Abend, nicht wahr, Jemma?«

»Es war fantastisch«, steuerte Sumitha noch bei. »Ich hab mich prima unterhalten.« Bis jetzt, ergänzte sie bei sich.

»Haben wir gemerkt«, knurrte Laura.

Sumitha tat so, als hätte sie das nicht gehört.

»Wie lange kennst du denn Jon Joseph schon, Sumitha?« wollte Mrs. Farrant wissen, während sie zum zweiten Mal um den Kreisel fuhr, weil sie die richtige Abzweigung verpaßt hatte.

Sumitha schluckte. Das war verzwickt. Offenbar kannte Mrs. Farrant Jon. Mr. Farrant kannte auch ihren Vater.

»Oh, er ist mit unserer Familie gut bekannt, Mrs. Farrant. Wir haben ihn schon lange nicht mehr gesehen – es war nett, ihn mal wiederzusehen.« Sie verkreuzte die Finger unter der Jacke.

»Öhem.« Mrs. Farrant klang zweifelnd.

Ich glaube, sie hat's geschluckt, dachte Sumitha. Vielleicht gibt es doch einen lieben Gott.

Schließlich hielten sie vor dem Haus an, in dem Laura wohnte.

»Ich bringe euch zwei noch zur Tür«, sagte Mrs. Farrant.

»Oh, machen Sie sich doch bitte keine Mühe«, sagte Laura rasch. »Das geht auch so.« Auf keinen Fall sollte Mrs. Farrant sehen, dass die Farbe an der Haustür abblätterte oder dass die Klingel, die mit Klebestreifen überklebt war, nicht funktionierte und dass ihre Mutter immer vergaß, eine neue Birne für die Flurlampe zu kaufen.

Und dann geschah es. Die Tür ging auf. Mrs. Turnbull winkte fröhlich. Sie trug ihren blauen Morgenrock aus Samt. Der peinliche weiße Fleck vorne drauf stammte von Laura selbst, als sie das Bleichmittel draufgekippt hatte. Mrs. Turnbull war barfüßig, hatte das Make-up abgewischt und ihre Nase glänzte. Aber was am schlimmsten war: Neben ihr stand mit einem blöden Grinsen im Gesicht der Knilch Melvyn. Laura krümmte sich vor Scham. Wie konnte sie ihr das nur antun? Hatte sie denn gar keinen Stolz? Stand da zur Besichtigung für die gesamte Nachbarschaft und zeigte ihren Lover vor. Das war mehr, als Laura ertragen konnte.

»Vielen Dank, Mrs. Farrant«, rief Ruth Turnbull. »Nächstes Mal bin ich dann dran!«

»Ich bin mir nicht sicher, ob es für Jemma ein nächstes Mal geben wird«, sagte Mrs. Farrant kurz angebunden. »Vielleicht hätte ich sie doch besser nicht dorthin gehen lassen sollen. Irgendwie hat ihr das nicht gut getan. Ich melde mich.«

Damit fuhr sie los und rumpelte über den Bordstein. Als Laura die Haustür schloss, sah sie, wie Chelsea und Jemma interessiert Melvyn beäugten. Am besten war, sie ging jetzt einfach hinauf in ihr Zimmer, legte sich aufs Bett und wartete auf den Tod.

»Was sollte das denn bedeuten?«, fragte ihre Mutter. Sie sah müde aus.

Laura zuckte die Achseln. »Null Ahnung. Wolltest du gerade gehen?«, erkundigte sie sich demonstrativ bei Melvyn.

»Jau, muss wohl, bin schon weg, Süße.«

Laura knirschte mit den Zähnen. »Wir machen uns noch einen heißen Kakao, Mama.«

Alles, damit Sumitha nicht zusehen konnte, wie ihre Mutter diesen Widerling zum Abschied abschleckte.

Leichenbeschau

»Mama! Wie konntest du nur? Du hast alles kaputt gemacht!« Jemma brach in Tränen aus. »Der Abend war so schön, und dann kommst du rein und ...«

»Oh, der Abend war also schön, ja?« Ihre Mutter knallte die Fahrertür zu. »Deine Vorstellung von einem schönen Abend beinhaltet wohl, dass du dich in billigen Fummeln zur Schau stellst und dir das Gesicht mit Schminke verkleisterst. Ganz zu schweigen davon, dass du meine Schuhe gestohlen hast, die jetzt wahrscheinlich hin sind. Ich hatte sie seit meinem Hochzeitstag! Natürlich trifft deine neuen Freundinnen die Schuld. Du hast so etwas nie getan, bis wir hierhergezogen sind. Und du hast mir erzählt, sie wären so nette Mädchen!«

»Sie SIND nett!«, brüllte Jemma. »Sehr nett!«

»So? Ich möchte gern wissen, was ihre Mütter sich dabei denken, wenn sie sie so fortlassen! Ich finde das ...«

»Ihre Mütter denken an ihre Töchter, das ist es!«, schluchzte Jemma. »Davon hast du keinen Schimmer! Die wollen, dass sie sich amüsieren und mit ihren Freundinnen zusammen sein können. Ihre Mütter geben sich nicht die ganze Zeit große Mühe, ihren Kindern das Leben zu versauen!«

»Jemma, bitte!« Mrs. Farrant legte ihre Hand auf Jemmas Schulter. Jemma schob sie weg.

»Stimmt doch! Du willst ja nicht, dass ich erwachsen werde! Du sagst, du möchtest, dass ich Freundinnen finde, aber dann willst du, dass ich mich wie ein Baby benehme. Du findest dauernd neue Gründe, weshalb ich nichts mitmachen darf. Du kaufst mir auch keine schicken Klamotten – sogar Gran hat gesagt, dass ich langweilige Plünnen habe!« Jemma heulte steinerweichend.

»Ach, Gran! Die war schon immer etwas seltsam!«, gab ihre Mutter zurück.

»Also ich hätte lieber eine seltsame Mutter als so eine altmodische! Nur weil du wie eine Landpomeranze rumläufst, muss ich leiden! Wenn wir einkaufen, erwartest du, dass ich Kinderklamotten aussuche. Du erlaubst mir auch kein Make-up. Wenn dir nicht gefällt, was ich anhabe, dann ist das dein Problem. Wenn du mir mal was Hübsches kaufen würdest, dann müsste ich mir nicht heimlich was besorgen, oder? Also gib mir nicht die Schuld!«

»Jetzt hör mal gut zu, Jemma, so darfst du mit mir nicht sprechen! Ich habe nur dein Wohl im Auge«, widersprach Mrs. Farrant.

Aber Jemma hatte ihre Gefühle zu lange unterdrückt, jetzt brach alles aus ihr heraus.

»Nein, stimmt ja gar nicht!« Sie schluchzte. »Du willst uns nur herumkommandieren, du suchst unsere Sachen aus, sagst uns, wann wir ins Bett gehen müssen und wann wir unsere Unterwäsche bügeln sollen. Von mir aus mach das bei den Zwillingen, aber mich lass gefälligst in Ruhe!«

Damit stürmte Jemma aus der Küche und knallte die Tür hinter sich zu. Ihre Mutter setzte sich auf einen Hocker und dachte nach. Noch nie hatte sich Jemma wegen ihrer Kleider so aufgeregt. Eigentlich war sie immer ein sehr pflegeleichtes Kind gewesen. Hoffentlich hatte die neue Schule nicht diese schlimme Veränderung bei ihr bewirkt.

Laura wollte die Milch auf den Herd stellen. Ihre Mutter hatte Melvyn überraschend schnell verabschiedet, kam nun herein und nahm ihr den Topf aus der Hand. »Setz dich!«, sagte sie.

»Du auch, Sumitha.« Sie setzten sich.

»Deine Mutter hat vorhin angerufen, Sumitha.«

Beide Mädchen saßen da wie vom Donner gerührt.

»Sie wollte mit dir sprechen, also habe ich ihr natürlich gesagt, dass du in der Disco bist.«

Schweigen.

»Du hast deinen Eltern nicht erzählt, dass du da hingehen würdest, nicht wahr?«

»Nein«, flüsterte Sumitha.

»Jetzt sind deine Eltern wütend auf mich. Anscheinend hat dir dein Vater schon mehr als einmal verboten, zum *Stomping Ground* zu gehen. Jetzt denkt er, dass ich dich hinter seinem Rücken dazu verleitet habe. Dein Vater war äußerst ungehalten mit mir, und ich, um es sachte auszudrücken, habe eine Stinkwut auf euch. Wie konntet ihr mich so anlügen?«

Sumitha sah niedergeschlagen auf den Boden. »Es tut mir Leid, Mrs. Turnbull.« Sie schniefte. »Es ist nur – also, meine Mutter und mein Vater erlauben mir nicht die Hälfte von dem, was meine Freundinnen dürfen. Und weil sie doch zu dem Ball wollten und ich sowieso hier schlafen sollte, da schien ...«

»... da schien die Gelegenheit günstig, dass du tun konntest, was du wolltest, ohne dir Ärger einzuhandeln. Deine Mutter wird mir nie mehr ein Wort glauben.«

»Warum hat sie nur angerufen?« Sumitha klang mürrisch. »Immer kontrolliert sie mich.«

»Sie rief an, weil sie bei der Ankunft im Hotel dein Armband im Auto gefunden haben. Sie dachte, du würdest dir Sorgen machen, dass du es verloren hättest.«

»Oh.« In Wirklichkeit hatte Sumitha den Verlust des Armbands noch gar nicht bemerkt.

Mrs. Turnbull wandte sich Laura zu. »Du hast genauso viel Schuld, Laura. Du wusstest, was los war.«

»Das war doch nicht meine Schuld! Ich kann doch meinen Freundinnen nicht vorschreiben, was sie tun sollen!« Wenn ich das könnte, würde ich Sumitha als Erstes sagen, sie soll ihre Pfoten von Jon lassen, dachte Laura.

»Mrs. Turnbull«, sagte Sumitha. »Ich – äh – ich – ähem, also, was ich sagen will, wir sind doch wieder da, und alles lief wunderbar und mir geht es doch gut – könnten Sie nicht meinen Eltern sagen, dass Discos nichts Schlimmes sind? Die denken immer, dass mir etwas Furchtbares geschieht, wenn ich da hingehe, aber wenn Sie vielleicht, also, ich meine, Sie lassen Laura doch auch gehen.«

»Sumitha, ich kann mich nicht bei dir und deinen Eltern einmischen – das steht mir nicht zu. Sie haben ihre Regeln, und was sie dir sagen, ist ihre Angelegenheit.« Mrs. Turnbull sah Sumithas unglückliches Gesicht. »Aber na gut, wenn sich eine Gelegenheit ergibt, dann will ich sie wegen der Disco beruhigen. Die ist ja ganz in Ordnung.«

»Oh, danke, Mrs. Turnbull, das fände ich toll!«

»Hast du ein Glück, Laura, dass du so eine verständnisvolle Mutter hast.« Die Mädchen machten sich bettfertig.

Für eine Tausendstelsekunde war Laura stolz. Doch dann sah sie im Geist Sumitha mit Jon tanzen.

»Ich werde jetzt duschen«, fauchte sie und stampfte ins Badezimmer. Sumitha saß auf dem Bett und dachte an Jon.

»War's ein schöner Abend, Chelsea?« Ginny gähnte, als sie ein Blatt Papier aus ihrem Drucker zog und den Computer ausschaltete.

»Ja, war toll, und Mama …« fing Chelsea an.

»Das freut mich. Tja, ich bin reif fürs Bett – gerade tausend Wörter getippt zum Thema ›Wie ich die Glut in meiner Ehe vor dem Verlöschen rette‹. Am Montag hab ich ein Interview mit einem Imker in Hackleton und am Nachmittag eins mit einem Typen, der Piranhas züchtet. Die Faulen dürfen nicht ruhen.«

»Nett. Du, Mama, da war so ein Junge …«

»Oh, jetzt geht es um Jungen? Na, dann schreib doch ein Gedicht, hm?«

»Wie bitte?«

»Ich hab deinen kleinen dichterischen Erguss gefunden, als ich vorhin den Kühlschrank abtauen wollte. Es scheint, du hättest lieber eine Mutter, die so rumläuft wie Mrs. Farrant, als eine, die auf der Höhe ihrer Zeit lebt.«

Chelsea verschluckte sich fast. »Nö, Mama, natürlich nicht. Also, die meiste Zeit siehst du ja toll aus.«

(Na ja, manchmal wenigstens, dachte sie bei sich.) »Es ist doch nur, also, manchmal wäre es ganz schön, wenn du ein bisschen mehr wie eine Mutter aussehen würdest. Nicht so auffallend«, fügte sie hinzu.

»Tja, so bin ich nun mal, fürchte ich. Nimm mich so, wie ich bin, oder lass mich, wie man so schön sagt. Ach, hab ich dir schon erzählt, dass ich eine Vier-Seiten-Beilage über die Gespenster von Leehampton machen werde? Spukhäuser, kopflose Räuber und solchen Kram. Gut, was?«

Chelsea gab auf. Wie sollte sie mit einer Vier-Seiten-Beilage vom *Echo* mithalten können? Null Chance. Ihre Mutter interessierte sich mehr für Gespenster und Piranhas als für ihre eigene Tochter. Morgen würde Rob vorbeikommen und Chelsea wollte so gern, dass er ihre Mutter gut fand.

Aber sie hatte auch Schiss. Bisher hatte sie noch keinen richtigen Freund gehabt, deshalb wollte sie einen guten Eindruck machen. Sie wollte einerseits nicht zu dick auftragen, aber er sollte doch merken, dass sie was für ihn übrig hatte. Ihre Mutter verbrachte ihr ganzes Leben damit, dass sie anderen Leuten verklickerte, wie sie gefälligst ihre Beziehungen zu gestalten hätten. Warum hatte sie nicht mal fünf Minuten Zeit, um ihrer Tochter ein paar Tips zu geben?

Außerdem nagte an Chelsea noch ein anderer Gedanke. Rob schien von Mamas Job ziemlich beeindruckt. Wenn er jetzt vorbeikam und Mama die ganze Zeit rumschmalzte, rumschrie und ihren Busen rumzeigte, dann würde sie Rob bestimmt verschrecken. Das sollte auf keinen Fall geschehen.

»Du bist also in die Disco gegangen, wie ich sehe.« Jons Vater stand an der Haustür, als der gerade aus dem Auto von Robs Vater ausstieg. »Ich nehme an, du wirst morgen viel für die Schule wiederholen müssen, schließlich schreibt ihr ja bald wieder Tests.«

»Papa, ich hab schon wahnsinnig viel dafür getan.« Jon seufzte. »Außerdem kann man für mein Lieblingsfach sowieso nichts wiederholen. Ich hab es satt bis hierhin, das ganze Büffeln über den Ersten Weltkrieg, das Kontinentalschelf und die Französisch-Vokabeln. Ich hasse das ganze Zeug! Ich …«

»Ah, aber dieses Zeug, wie du es nennst, ist genau das, was du brauchst, wenn du dich um einen Studienplatz an der Universität bewirbst«, fing sein Vater an. »Ich hab gehört, dass sie besonders auf …«

»ICH GEHE NICHT ZUR UNIVERSITÄT!«, brüllte Jon.

»Nun lass uns damit nicht schon wieder anfangen, mein Sohn«, sagte sein Vater. »Was soll jemand mit deiner Intelligenz denn sonst machen?«

»Auf eine Kunstakademie gehen, ist doch klar.« Ich hab's getan, dachte Jon. Ich hab's gesagt.

Seine Vater stierte ihn fassungslos an. Er machte den Mund auf, aber es kam nichts raus.

»Ich will Kunstgeschichte und Design studieren, Papa. Ich bin gut in Kunst, es macht mir Spaß und ich weiß, ich kann damit mal Geld verdienen. Die beste Ausbildung bekommt man an der Kunstakademie.«

»Kunst – KUNSTAKADEMIE?« Jons Vater brauste auf. Jon hätte genauso gut ankündigen können, dass er zukünftig in einem Pappkarton unter der Waterloo Bridge wohnen wollte.

»Ja. Ich möchte Karikaturist werden.« Jetzt ist es raus, dachte Jon.

Ein kollerndes Geräusch kam aus der Kehle seines Vaters. Dessen Gesicht verfärbte sich knallrot.

»Noch nie habe ich … solchen Blödsinn … gehört … woran denkst du eigentlich, Bursche?«

»An meine Zukunft«, sagte Jon. Und ging schlafen.

Geständnisse in der Nacht

Sumitha blickte nicht mehr durch. Laura war sehr merkwürdig. Sie war aus dem Bad zurückgekommen, ins Bett gehüpft, hatte »Gutnacht« geknurrt und das Licht ausgeschaltet.

Wenn Sumitha sonst bei ihr übernachtete, lagen sie immer noch lange wach und redeten über alles – Kleider, Schule, Jungen, Discos, die Top Ten, Jungen, Zukunftspläne, Jungen …

»War schön heute Abend, nicht?«, machte Sumitha einen Versuch.

Schweigen.

»Also ich fand es toll«, fuhr Sumitha fort.

Das Federbett flog von Lauras Bett und sie setzte sich auf. »Ach, ja? Na ja, ist doch klar, dass du es toll fandst, wieso auch nicht?«, fauchte Laura.

Sumitha war verblüfft. »Was meinst du damit?«

»Och, komm schon, tu doch nicht so unschuldig – du weißt doch ganz genau, was ich meine!«, brüllte Laura. Dann brach sie zu Sumithas Entsetzen in Tränen aus.

Sumitha sprang aus dem Bett und setzte sich auf Lauras Bettkante. »He, Laura, was ist denn passiert? Was ist los?«

»Du bist los, wenn du's genau wissen willst!« Laura schluchzte. »Er ist mein Freund, nicht deiner. Erst sagst du, dein Vater erlaubt dir keine Freundschaften mit Jungen, und dann schnappst du anderen ihre Freunde weg!«

Sumitha starrte sie fassungslos an. »Aber ich hatte doch keine Ahnung, dass er dein Freund ist. Ehrlich, das wusste ich nicht! Du hast nie was erzählt. Wie lange geht ihr denn schon miteinander?«

Laura schniefte. »Na ja, so richtig miteinander gehen tun wir nicht.«

»Also, wie steht es denn nun genau?« Sumitha musste unbedingt wissen, was da los war – sie hatte Jon wirklich gern und er hatte kein Interesse an Laura gezeigt.

Wenn man es genau betrachtete, konnte sich Sumitha überhaupt nicht erinnern, dass sie die zwei je zusammen gesehen hatte. War Laura vielleicht wieder mal am Phantasieren?

Laura berichtete von dem Fahrradzusammenprall und Jons Beinen, seinem schiefen Lächeln und ihrem Wunsch, dass er sie gern haben sollte.

»Und jetzt ist mein ganzes Leben kaputt, nur wegen dir«, heulte sie.

Sumitha seufzte. »Ach, komm schon, Laura, hör mit dem Theater auf. Erst sagst du, Jon wäre dein Freund, und dann stellt sich raus, dass du ihn mal gerade einen Tag kennst. Ist ja auch egal, wenn er mit dir hätte tanzen wollen, hätte er dich ja bloß zu fragen brauchen, oder?«

Laura erwiderte nichts.

»Überhaupt habe ich ihn gar nicht gefragt, ob er mit mir tanzen will. Er hat mich geschnappt und gesagt, ›Los, wir tanzen‹, und dann haben wir über Eltern geredet und das Leben und was er später mal machen will. Er hat auch mit Chelsea getanzt – und mit

Jemma und mit dieser Melanie aus der Neunten.« Schließlich konnte Laura ihre Wut auch an denen auslassen.

»Warum hat er dann nicht mit mir getanzt?« Laura wischte sich die Augen mit einem Zipfel ihrer Bettdecke. »Weil DU ihn nicht gelassen hast.«

»Och, nun hör doch auf mit der Tour – warum sollte ich? Warst du denn heute Morgen nett zu ihm?«

»'türlich. Na ja, hinterher. Zuerst haben wir uns angeblafft, von wegen Idioten, die nicht ordentlich bremsen können und so, aber dann war er echt nett. Und heute Abend hat er so getan, als gäb's mich nicht!«

Sumitha dachte blitzschnell nach.

»Vielleicht ist er so wahnsinnig in dich verknallt, dass er sich nicht traut, dich anzusprechen. Das ist mal in ›Beverly Hills 90210‹ passiert, weißt du«, sagte sie dann rasch, denn Ähnlichkeiten mit dem Fernsehen bürgten für Authentizität.

»Echt?« Laura wurde wieder munter.

»Klar. Das ist doch längst bewiesen, dass Jungen so von ihren Gefühlen überwältigt werden, dass sie schlechter damit umgehen können als Mädchen – so steht das in diesem Buch über Pubertät. Deshalb tun sie dann so machomäßig und geben an und so, wenn sie in Wirklichkeit total entflammt sind.«

Laura sah jetzt viel fröhlicher aus. »Vielleicht treffe ich ihn ja mal wieder, wenn ich Jemma besuche. Und du versprichst mir, dass du ihn in Zukunft in Ruhe lässt, ja?«

Sumitha stöhnte leise. Sie mochte Jon, ganz ehrlich. Und sie hatte gedacht, dass er sie auch gut leiden konnte. Eigentlich dachte sie, dass er Laura vielleicht gar nicht so sehr mochte, wie Laura gern glauben wollte. Sumitha hatte noch nie einen Freund gehabt, und wahrscheinlich würde ihr Vater dafür sorgen, dass sie nie einen kriegte. Aber sie mochte Laura auch. Sie schwieg.

»Sumitha – du versprichst mir das, ja? Schwör es!«

»Das kann ich nicht.« Sumitha war zu ehrlich. »Warum sollte ich? Wenn er dich mag, dann hat er auch den Mut und sagt dir das. Wenn er mich besser leiden kann, dann kann ich doch nichts dran ändern, oder?«

»Du bist gemein!« Laura brüllte. »Du bist genau wie diese gräßliche Betsy. Du stiehlst Männer, du gehst rum und zerstörst das Leben von anderen Menschen. Ich hasse dich!«

Damit zog sie sich die Bettdecke über den Kopf, drehte sich zur Wand und sagte kein Wort mehr.

Sumitha fühlte sich miserabel. Warum sollte sie Versprechungen machen, die sie nicht halten konnte? Sie wusste, wenn Jon mit ihr gehen wollte, dann würde sie nicht nein sagen. Sie wusste auch, dass Laura furchtbar durcheinander war, weil ihr Vater ausgezogen war, und deshalb regte sie sich dauernd über jede Kleinigkeit auf. Vielleicht hatte sie sich bis morgen früh wieder beruhigt und sie waren dann wieder Freundinnen. In der Zwischenzeit wollte sie einfach schlafen und von Jon träumen.

Laura lag wach und hasste Sumitha, hasste die Welt und am meisten sich selbst. Warum sollte Jon sie auch mögen mit ihrem Karottenhaar und ihren Sommersprossen, wenn er Sumitha haben konnte mit ihrem Koboldsgesicht und ihren wunderschönen schwarzen Augen? Vielleicht könnte sie ihn mit ihrer Intelligenz für sich gewinnen. Aber irgendwie zweifelte sie daran. Jungen, das hatte sie schon gemerkt, machten sich nicht besonders viel aus Intelligenz.

Sie dachte über die Handlung ihres nächsten Romans nach. Er handelte von einem Mädchen, deren Geliebter ihr von einer bösen Verführerin abspenstig gemacht wurde. Gerade war sie bei dem Kapitel angelangt, in dem sich das Mädchen mit einer vergifteten Pizza rächt, als sie einschlief.

Der Morgen danach

Der Morgen brach grau, bewölkt und Unheil verkündend in Leehampton an. In mindestens drei Familien spiegelte sich das in der dort herrschenden Stimmung wider.

Laura und Sumitha saßen schweigend am Frühstückstisch, und das war ungewöhnlich. Denn meistens, wenn Sumitha hier übernachtete, konnte Mrs. Turnbull kaum einen klaren Gedanken fassen, weil dauernd geschwatzt und gekichert wurde. Doch an diesem Morgen benahmen sich die zwei, als hätte ihr letztes Stündchen geschlagen. Wahrscheinlich machte Sumitha sich Sorgen wegen ihres bevorstehenden Zusammentreffens mit ihrem erzürnten Vater, und Laura litt unter Schuldgefühlen wegen ihres Benehmens, nahm sie an. Doch Mrs. Turnbull machte sich deshalb keine großen Gedanken – sie grübelte immer noch über ihr Gespräch mit Peter nach. Hatte er andeuten wollen, dass Laura wegen ihr unglücklich war? Zweifellos würde es Laura einen Höllenspaß machen, wenn sie beim nächsten Treffen mit ihrem Vater alles abladen konnte, was sie sich über die Beziehung zwischen ihrer Mutter und Melvyn zusammenphantasierte. Verglichen mit den Sorgen einer Mutter erschien ihr die Kernspaltung wie ein Kinderspiel.

Auf dem Billing Hill war auch nicht alles eitel Sonnenschein. In Nummer 47 saßen Mr. und Mrs. Joseph beim Frühstück. Jon schlief noch. Mrs. Joseph war noch etwas verschlafen, denn ihr wütender Gatte war am vergangenen Abend in das Schlafzimmer geplatzt und hatte sich die nächste halbe Stunde über die Undankbarkeit seines Sohnes ausgelassen. Zweifelsohne hätte sie Jon diese lächerlichen Spinnereien ins Hirn gepflanzt. Ob sie ernsthaft glauben würde, dass er sich die letzten fünfzehn Jahre so für die Ausbildung seines Sohnes abgerackert hatte, damit er friedlich zusehen würde, wie nun alles in die Hosen ging?

»Vielleicht«, hatte seine verschlafene Frau beigesteuert, »teilt Jon deine ehrgeizigen Absichten nicht.«

»Was weißt du schon von Ehrgeiz?« Mr. Joseph lachte höhnisch und schlug verärgert auf sein Kopfkissen ein. »Du hattest doch noch nie welchen – du warst doch immer ganz selig, wenn du deine Sträußchen binden und den Leuten beibringen konntest, wie man mit Blumen rumpusselt. So bist du doch. Ich musste immer die ganze Drecksarbeit machen, Abendkurse, jeden blöden Job annehmen, wie er grad kam, und mich mühevoll emporarbeiten. Und ich hab's geschafft, oder?«

»Ja, du hast es phantastisch geschafft«, murmelte seine Frau und wünschte sich, dass er wenigstens so lange den Mund hielt, bis sie eingeschlafen war.

Ihr Mann grunzte. »Aber Jon wird es einmal ganz anders machen. Jon macht die ganz große Karriere. Und die macht man nicht, wenn man an eine drittklassige Kunsthochschule geht.«

»Dann schick ihn doch auf eine erstklassige«, entgegnete seine Frau zu ihrer eigenen Überraschung. »Warum zwingst du ihn zu Dingen, die ihn nur unglücklich machen? Ist Glück denn gar nichts wert?«

Ihr Gatte sah sie vernichtend an. »Glück, Anona, bezahlt keine Rechnungen.«

»Aber im Luxus unglücklich zu sein ist auch nicht das Wahre«, fauchte seine Frau. »Darin kenn ich mich aus! Du sagst, ich hätte nie Ehrgeiz besessen, aber wann hätte ich denn jemals das tun können, was ich wollte? Nie. Und warum? Weil ich dich nach allen Kräften während deiner Ausbildung und Weiterbildung unterstützt habe. Ich hab mich niemals beschwert, ich habe dich bewundert, und ich habe mich gefreut, dass du glücklich warst. Aber Jon soll nicht zu etwas gezwungen werden! So wird man nicht glücklich, und je eher du das begreifst, desto besser.«

Lange noch hatte Henry Joseph wach gelegen. Zum einen hatte ihn diese lächerliche Berufswahl seines

Sohnes völlig aus den Latschen gekippt, zum andern hatte ihm seine Frau vorgeworfen, er würde Jons Glück im Weg stehen. Seine Frau, die sonst so leicht zu lenken war, hatte sich deshalb gegen ihn gestellt! So ein ausgemachter Blödsinn! Wahrscheinlich kam sie in die Jahre, Frauen über vierzig sollten sich ja irgendwie verändern, das wusste er. Trotzdem konnte er nicht einschlafen.

Nun ließ Henry seine Wut an einer unschuldigen Toastscheibe aus und klatschte die Butter darauf, ohne auf verkalkende Arterien oder hohe Cholesterinwerte zu achten.

Währenddessen las seine Frau seelenruhig in ihrer »Blumenkunst« und überlegte, ob sie für Mrs. Farrant nebenan solch ein japanisches Gesteck aus Weidenzweigen machen sollte.

»Und«, knurrte Henry, »was hättest du machen wollen, wenn du es dir hättest aussuchen können?«

Seine Frau hob erstaunt die Augenbrauen. »Oh, Innenarchitektur, Schatz. Und eigentlich ist es dafür noch nicht zu spät. Ich habe vor, ein Studium anzufangen.«

Zum zweiten Mal in seinem Leben wusste Henry Joseph nicht, was er sagen sollte.

Nebenan in Nummer 49 freute sich Mr. Farrant über ein gemütliches Sonntagsfrühstück. Heute musste er nicht im Eiltempo ins Krankenhaus, um einem Fünfjährigen eine Büroklammer aus dem linken Ohr zu holen oder noch vor dem Mittagessen ein Dutzend Mandeln rauszuschnibbeln. Er saß vor seinem Teller mit Müsli, von dem seine Frau behauptete, dass es äußerst nahrhaft sei (obwohl er lieber Eier mit Schinken gegessen hätte), und dachte über seine ersten paar Wochen im Städtischen Krankenhaus nach, während er in einer medizinischen Fachzeitschrift blätterte.

Eigentlich war es kein besonders friedliches Frühstück. Die Zwillinge wetteiferten, wer die Milch am weitesten aus seinem Schälchen spritzen konnte, und Sam saß unter dem Tisch, weil er ein Monster aus dem Weltraum war und deshalb am linken Knöchel seines Vaters herumknabberte. Jemma starrte ergeben in ihren Teebecher, als wartete sie auf ein Erschießungskommando.

»Nun komm schon, Jemma, iss doch auf«, ermunterte sie ihre Mutter.

»Lass mich in Ruhe«, knurrte Jemma.

»Jemma!«, ermahnte ihr Vater. »Sprich nicht so mit deiner Mutter! Was ist denn in dich gefahren?«

»Ich hab es satt, dass sie mich immer noch wie ein Baby behandelt.«

»Wenn du dich wie eine Erwachsene aufführst, wirst du wie eine behandelt«, mischte sich ihre Mutter ein.

Jemma brach in Tränen aus und rannte aus dem Zimmer.

»Was ist denn passiert?«, erkundigte sich Mr. Farrant.

Daraufhin erzählte ihm seine Frau von dem Fummel, der Schminke und der Disco und wartete darauf, dass ihr Mann bestätigte, dass sie völlig im Recht war und dass sie am besten wusste, was gut für die Kinder war.

»Jemma hat nicht so ganz Unrecht«, sagte er stattdessen. »Sie ist jetzt fast vierzehn und, ehrlich gesagt, läuft rum wie eine Elfjährige. Außerdem musst du zugeben, dass du ganz schön oft auf ihr rumhackst, nicht wahr?«

Seine Frau sah ihn entgeistert an.

»Sieh mal, ich weiß, dass du dir ihretwegen Gedanken machst, aber du kannst die Zeit nicht aufhalten. Sie wird älter und du kannst nichts dagegen machen.«

»Aber sie ist doch noch ein kleines Mädchen«, fing seine Frau an.

Mr. Farrant war es in seinem Beruf gewöhnt, die Nerven zu behalten, wenn Leute im Operationssaal so bluteten, dass es auf den Boden tropfte, oder wenn eine Lernschwester ein Skalpell auf seinen Fuß fallen ließ. Doch heute war Sonntag und er erlaubte sich, die Beherrschung zu verlieren: Er schlug mit der Faust auf den Tisch.

»Nein, Claire, sie ist kein kleines Mädchen mehr. Sie wird gerade eine junge Frau – jedenfalls so schnell, wie du sie lässt. Und wenn wir schon mal dabei sind: Wenn du das nicht bald begreifst, wirst du sie verlieren. Das willst du doch nicht, oder?«

Claire Farrant goss sich noch einen Becher Tee ein und stellte ein paar grundsätzliche Überlegungen an.

Zwei Stunden später hatte Lauras Mutter Gäste. Rajiv und Chitrita Banerji saßen am Küchentisch, er sehr streng und aufrecht, sie ängstlich und geduckt. Sie hatten ihre Tochter abholen wollen, die schlauerweise gleich verschwunden war, als das Auto vor dem Haus hielt.

»Ich hatte wirklich keine Ahnung, dass Sie Sumitha verboten hatten ins *Stomping Ground* zu gehen«, wiederholte Ruth und goss ihnen Kaffee ein. (Sie fand, die Banerjis brauchten in diesem Moment echten Kaffee und nicht dieses Instantzeug.)

»Wenn ich das gewusst hätte, hätte ich natürlich Laura auch zu Hause behalten. Aber es ist ja nichts passiert«, fügte sie hinzu.

»Ich bin mir sicher, Mrs. Turnbull, dass Sie nur das Beste wollten«, sagte Chitrita und knabberte an einem der Haferkekse aus dem Supermarkt, bei denen Ruth immer so tat, als seien sie selbst gebacken.

»Ich mag solche Kneipen nicht«, sagte Rajiv. Er trug einen schwarzen Anzug und ein Nadelstreifenhemd und sah aus, als wollte er zu einem Aufsichtsratstreffen und nicht einen gemütlichen Sonntag verbringen. Ruth überlegte, ob er jemals seinen Turban abnahm.

»Sumitha wusste, dass sie Sie nicht täuschen durfte. Sie trifft die Schuld«, fuhr Mr. Banerji fort. »Aber ich bin erstaunt, dass Sie nicht vorher mit meiner Frau und mir Rücksprache gehalten haben.«

Ruth verschluckte sich beinahe. Ob Mr. Banerji mit allen Patienten, die er röntgte, auch so streng war?

»Da stimme ich Ihnen zu. Es war einzig und allein mein Fehler. Als Sumitha sagte, dass sie … ist ja auch egal, ich denke darüber folgendermaßen.« Ruth hatte sich ein Herz gefasst. »Heutzutage müssen unsere Kinder lernen, wie sie mit unserer Welt zurechtkommen, so wie sie nun mal ist, und nicht, wie wir sie gern hätten. Meiner Meinung nach ist ein Discobesuch ab und zu – und die Kinder sind dort keine Sekunde ohne Aufsicht, da habe ich mich vergewissert – eine gute Möglichkeit, ohne großes Risiko Freiheit zu schnuppern. Natürlich ist das für ein so gut erzogenes Mädchen wie Sumitha …«

»Genau. Sie ist wirklich sehr gut erzogen – und deshalb nicht gewohnt, in solche Lokale zu gehen«, betonte Mr. Banerji. Aber Ruth hatte gesehen, dass sich sein Gesichtsausdruck etwas entspannte, als er das Lob für seine Tochter hörte.

»Ich bin überzeugt, dass sie Sie nicht verärgern wollte, aber sie wollte eben gern mit ihren Freundinnen zusammen sein. So ein nettes Mädchen ist nun mal sehr beliebt. Laura hat mir erzählt, dass sie sehr gut tanzen kann.« Mrs. Turnbull strengte sich an wie verrückt. »Sie können sehr stolz auf sie sein.«

Die nächsten zehn Minuten vergingen mit einer ausführlichen Beschreibung von Sumithas außerordentlichem Talent beim Theaterspielen und Tanzen, ihren Kochkünsten und ihrer großen Ähnlichkeit mit ihrer Großmutter väterlicherseits in Kalkutta. Dann stand Rajiv auf.

»Sie glauben, dass ich zu streng mit meiner Tochter bin, wenn ich ihr das Ausgehen verbiete. Vielleicht stimmt das.« Er legte den Kopf auf die Seite.

Sumitha, die mit Laura an der Tür horchte, hob

triumphierend den Daumen.. »Deine Mutter ist absolute Klasse«, flüsterte sie. »Sie kann zaubern.«

Laura wollte schon lächeln, als ihr einfiel, dass sie Sumitha noch böse war.

»Aber«, fuhr Mr. Banerji fort, »ich tue das nur, um den guten Ruf meiner Tochter zu wahren. Ich möchte nicht, dass sie so wird wie die meisten englischen Mädchen. Viele von ihnen haben keine Selbstachtung. Wir haben unsere Maßstäbe, müssen Sie wissen.«

»Die haben auch die meisten englischen Familien«, gab Ruth ruhig zurück.

»Natürlich, natürlich«, beeilte sich die bis dahin schweigende Chitrita zuzustimmen. »Wir Eltern geben uns alle so viel Mühe, nicht wahr? Oft, fürchte ich, tappen wir daneben. Kindererziehung ist keine leichte Aufgabe. Meine Tochter findet mich sehr altmodisch. Aber ich denke, so ist das Leben, man hört immer harte Worte von seinen Kindern.« Sie lächelte und griff nach ihrer Handtasche. »Wir zwei sollten uns mal wieder zu einem Gespräch treffen, nur wir zwei.« Sie zwinkerte Ruth zu. »Wir müssen jetzt gehen, Rajiv. Komm, Sumitha«, rief sie. »Komm, Rajiv.«

Zu jedermanns Überraschung, nicht zuletzt zu seiner eigenen, tat Rajiv, wie ihm gesagt wurde.

In Thorburn Crescent trug Chelsea zum dritten Mal seit dem Frühstück neuen Lidschatten auf, als es an der Tür läutete.

»Mach auf, Chelsea, ja?«, rief Ginny aus der Küche. Aber Chelsea war schon da.

»Hallo. Du hast gesagt, ich könnte vorbeikommen.«

Rob stand auf der Schwelle und sah unglaublich schick aus in seinen schokoladenbraunen Radlerhosen. Er grinste und Chelseas Eingeweide machten einen doppelten Salto rückwärts.

»Klar doch, komm rein.« Chelsea fragte sich, ob ihre Knie sie weiterhin senkrecht halten würden. Sie führte Rob in die Küche. »Mama, das ist Rob.«

»Hallo, Rob. Kaffee?« Ginny schwenkte die Kaffeekanne.

»Gern.« Rob strich eine blonde Haarsträhne zurück und grinste wieder.

»War doch nett gestern Abend, nicht?« Chelsea hätte lieber was Geistreicheres von sich gegeben. Ihr Herz schlug völlig unregelmäßig.

»Jau, war echt gut.« Rob wandte sich Ginny zu. »Mrs. Gee, ich hab massenhaft von Ihrem Zeug im *Echo* gelesen – meine Mutter findet Sie super.«

»Oh, danke schön, Rob.« Ginny schenkte ihm ihr strahlendstes Lächeln. »Sag einfach Ginny zu mir.«

Chelsea hätte in den Boden versinken können.

»Eigentlich möchte ich gern Journalist werden und ich wollte mal fragen ...«

»Willst du mit nach oben kommen und dir meine neuen CDs anhören?« Chelsea war verzweifelt, denn sie ahnte, wohin diese Unterhaltung führen würde.

Rob hatte sie gar nicht gehört. »... ob Sie mir vielleicht ein paar Tips geben könnten, wissen Sie, was man da studieren soll und so, und wie man Erfahrungen sammeln kann.«

»Aber das mache ich gern. Wenn du wirklich denkst, dass eine dusselige alte Frau wie ich ...«

Chelsea hätte am liebsten gekotzt.

»Och, alles, was Sie mir sagen könnten, wäre bestimmt eine große Hilfe.« Rob hing an Ginnys Lippen.

Ginny ließ ihre Wimpern – na ja, eigentlich waren es weniger ihre als die von Supermascara – flattern. »Also, meiner Erfahrung nach brauchst du ...«

Zehn Minuten später sagte Ginny: »Chelsea, koch uns doch noch einen Kaffee, mein Schatz. Und jetzt, Rob, sieh dir mal den Artikel an, den ich über die Schlüsselkinder geschrieben habe ...«

Chelseas Magen war nur noch ein einziger Knoten. Am liebsten hätte sie geheult.

Fünfzehn Minuten später sagte Ginny: »Chelsea, da sind, glaube ich, noch ein paar Kekse in der grünen Dose – sei doch so lieb.«

Chelsea hoffte im Stillen, dass ihre Mutter daran ersticken möge.

Zwanzig Minuten später verließ Ginny den Raum, um das »Handbuch des Autors« zu holen. Chelsea ergriff die Gelegenheit beim Schopf: »Rob, willst du nicht mitkommen und mal ...«

»Oh, tut mir Leid, ich kann nicht. Ich muss gleich los. Meine Mutter dreht durch, wenn ich zu spät zum Essen komme. Tausend Dank, Mrs. – äh, Ginny«, sagte er, als Ginny wieder hereingerauscht kam. »Ich bring dir gelegentlich was von meinen Sachen vorbei, und dann kannst du mir ja sagen, was du davon hältst.«

»Aber gern doch, Rob. Und mach auf jeden Fall bei dem Autorenwettbewerb mit. War nett, dich kennen zu lernen. Ciao!«

»Tschüss, Rob«, sagte Chelsea.

»He, Chelsea, bis die Tage«, sagte Rob.

Aber er drehte sich nicht um.

»Ha! Vielen, vielen Dank, Mama!«, sagte Chelsea und flüchtete nach oben. Sie warf sich aufs Bett und heulte los.

»Ich hasse sie, Aardvark«, schluchzte sie. »Wenn sie doch wenigstens damit zufrieden wäre, wie sie vor Gott und der Welt angibt! Aber nein! Sie klaut mir auch noch meinen Freund! Ich hasse sie!«

Freundschaft unter Belastungsprobe

Die letzte Woche war ziemlich schrecklich gewesen. Laura hatte nicht mehr mit Sumitha reden wollen und außerdem wollte sie auch noch Chelsea und Jemma daran hindern.

»Aber warum?« Chelsea, die Naturwissenschaftlerin, dachte immer logisch und sie brauchte Gründe, um bei irgendetwas mitzumachen. »Sie hat mir doch nichts getan.«

»Oh, du entpuppst dich ja als eine tolle Freundin!«, fauchte Laura. »Sie hat nur versucht mir Jon wegzunehmen, das ist alles!«

»Aber Jon ist nie mit dir gegangen!«, wandte Chelsea ein. »Man kann dir doch nichts wegnehmen, was du nie gehabt hast, he?«

Laura zog die Nase hoch. Sie wollte vor sich selbst nicht zugeben, dass Chelsea da etwas Wahres gesagt hatte.

»Außerdem hat er Pickel«, sagte Chelsea. Rob hatte keine Pickel. Rob war wunderbar. Aber dank ihrer Mutter würde sie wahrscheinlich nie in ihrem Leben auch nur eine einzige Sekunde mit ihm allein bleiben können.

Laura ging beleidigt davon und bearbeitete Jemma.

»Du bist doch meine Freundin, oder?«

»Natürlich.«

»Dann willst du doch mit Sumitha auch nichts mehr zu tun haben, nicht?«

Jemma schluckte. Sie wollte mit allen befreundet sein. Außerdem hatte sie nichts gegen Sumitha. Eigentlich hatte sie sich mit ihr in der Disco sogar sehr gut verstanden. Beide waren sich darüber einig, was es bedeutete, wenn man schwierige Eltern hatte.

»Also, ich, äh, eigentlich ist sie sehr nett.«

»Nett? Nett? Du findest das nett, wenn man Freundschaften zerstört? Wie würdest du dich fühlen, wenn man sich deinen Freund angeln würde, hä? Du wirst das zwar eh nicht erleben – ich glaube nicht, dass deine Mutter die Zügel noch mal so locker lässt, dass du einen kriegst!«

Damit stürmte sie davon und ließ eine unglückliche Jemma zurück. Als ob nicht schon genug schief lief: Ihre Mutter schwieg beleidigt, obwohl Jemma sich schon x-mal entschuldigt hatte, ihre neuen Freundinnen waren total verkracht und Laura, die am Anfang zu ihr so nett gewesen war, dachte wie die anderen, sie wäre noch ein Baby, und Gran hatte ihr immer noch nicht auf ihren Brief geantwortet.

Sumitha ging es auch schlecht. Nie im Leben hätte sie sich zwischen Laura und ihren Freund gedrängelt – wenn es Lauras Freund gewesen wäre. Aber er war nicht ihr Freund, das wusste sie genau. Außerdem brauchte sie sich deshalb sowieso keine Gedanken mehr zu machen. Er ging auf eine andere Schule, er war ein Jahr älter – wahrscheinlich würde sie ihn nie wiedersehen. Aber Papa hatte nach vielem Gemurmel mit Mama hinter verschlossenen Türen verkündet, dass sie – falls sie seine Ermahnungen beherzigte – einmal im Monat ins *Stomping Ground* gehen durfte. Er hatte dabei sogar gelächelt. Falls Jon dort regelmäßig hinging, würde sie ihn vielleicht wiedertreffen. Aber jetzt verdarb ihr der Streit mit Laura die Stimmung und sie freute sich gar nicht so darüber, wie sie es sonst getan hätte.

Chelseas Woche wurde immer schlimmer. Am Dienstagabend kam Rob vorbei – und verbrachte volle fünfundvierzig Minuten mit ihrer Mutter am Tisch, in denen sie über seine Teilnahme bei dem Schreibwettbewerb berieten. Am Donnerstagmorgen kam er auf dem Weg zur Schule vorbei, aber nur, um ihrer Mutter den fertigen Artikel zu zeigen.

Deshalb war am Donnerstagvormittag die Stimmung überhaupt nicht gut: Sie hatten eine Doppelstunde Englisch, was Chelsea hasste, danach eine

Doppelstunde Naturkunde, was Laura verabscheute, und anschließend Zeitgeschichte, was keine leiden konnte. Jemma und Chelsea hatten von ihren Müttern die Nase voll, Sumitha von Laura – und Laura war wild entschlossen, für den Rest ihres Lebens ihren gesammelten Hass hübsch gleichmäßig auf das Biest Betsy und Sumitha zu verteilen. Aber plötzlich und völlig überraschend entwickelten sich die Dinge zum Besseren.

In der Zwischenzeit ging es Jon – die Ursache für so viel Ärger – sehr viel besser. Es hatte ihm das Herz erleichtert, dass er endlich seinem Vater reinen Wein eingeschenkt hatte, auch wenn der wütend geworden war. Beim nächsten Elternabend, der bald bevorstand, würden sich seine Lehrer sehr lobend über seine Arbeiten in Kunst äußern. Das hieß, wenn sein tobender Vater sie mal zu Wort kommen ließ.

Vertraulichkeiten beim Kaffee

Während an diesem Donnerstagmorgen die Mädchen über die Ungerechtigkeiten im Leben brüteten, tranken ihre Mütter in Mrs. Farrants Wohnzimmer Kaffee und versuchten sich in der komplizierten Welt einigermaßen zurechtzufinden.

Jemmas Mutter hatte sich von dem Kaffeeplausch die Möglichkeit erhofft, die anderen Mütter ein bisschen besser kennen zu lernen und sich mit Mrs. Turnbull auszusöhnen.

Sie hatte so viele Sorgen: Ihr Mann hatte die neue Stelle angetreten, Jemma ging in die neue Schule und Samuel bekam vielleicht Mumps. Erst jetzt hatte sie gemerkt, wie sehr sie ihre alten Freundinnen vermisste. Als sie die Mädchen neulich nach der Disco nach Hause gebracht hatte, war sie sehr unfreundlich gewesen, das wollte sie wieder gutmachen.

Ruth war nach Lauras Auftritt im Radio nicht so erpicht auf ein Treffen, aber sie wusste, dass sie es irgendwann mal hinter sich bringen musste. Ginny hatte wahrscheinlich Recht, dass kaum jemand die Sendung gehört hatte. Mrs. Banerji freute sich über ein Schwätzchen weit weg von der etwas einschüchternden Gegenwart ihres Mannes. Ginny war froh über ein paar Stunden Arbeitspause, denn als Jemmas Mutter anrief, schmiss sie gerade Wörterbücher quer durch ihr Arbeitszimmer, weil sie momentan eine Schreibhemmung hatte und weil Barry sich ungewöhnlich deutlich über ihre neuen geblümten Leggings ausgelassen hatte. Und Mrs. Joseph fand das Kennenlernen von neuen Gesichtern viel anregender als die ständige Sorge um die Familienbande.

Das Gespräch kam zwangsläufig auf die Kinder.

»Ich habe einen Entschluss gefasst. Jemma darf sich am Samstag etwas Neues zum Anziehen kaufen«, verkündete Mrs. Farrant. »Sie behauptet, ich würde sie immer noch in Babykleider zwingen. Obwohl ich finde, dass sie neben Ihren Töchtern sehr jung für ihr Alter aussieht.«

Die anderen bekundeten in einem allgemeinen Gemurmel ihre Zustimmung, aber sie fanden es höflicher, das nicht zu äußern.

»Ich muss sagen, dass ich mir Sorgen mache, was sie sich aussuchen wird. Sie scheint momentan an nichts anderes als an schicke Kleidung zu denken, außerdem liest sie jetzt diese Teenager-Illustrierten.«

»Oh, machen Sie sich darüber mal keine Gedanken, das ist völlig normal«, sagte Ginny leichthin und dachte bei sich, dass Mrs. Farrant dem Thema Kleidung ruhig auch einmal ein paar Minuten Nachdenken widmen sollte. Man könnte daraus vielleicht einen flotten Artikel für die Kolumne in der nächsten Nummer machen: Mutter und Tochter kämpfen um Mode. Na bitte, die Schreibhemmung war schon weg! »Ich weiß noch, als Geneva zwölf war, kam sie einmal mit schwarzen Netzstrümpfen und einem Satintop an. Sie sah aus wie ein Überbleibsel aus den Folies-Bergère.«

»Aber Sie haben sie doch nicht so rumlaufen lassen?« Mrs. Farrant schnappte nach Luft.

»Na klar«, sagte Ginny. »Nachdem unsere Nachbarn alle vor Lachkrämpfen zusammengebrochen waren, hatte sie es gerafft. Ich hätte mich endlos lange mit ihr herumstreiten müssen.«

»Wie vernünftig.« Chitrita seufzte. »Ich fürchte, ich bin keine gute Mutter. Sehen Sie, Rajiv ist ein sehr dickköpfiger Mann. Er liebt Sumitha von ganzem Herzen, aber er ist sehr streng. Ich hasse Zankereien. Ich fürchte, Sumitha muss dafür büßen, dass ich feige bin.«

Alle murmelten etwas Verständnisvolles und waren insgeheim erleichtert, dass offensichtlich auch noch eine andere dem Ideal der Supermutter nicht gerecht wurde.

»Nicht nur Sie – ich auch«, sagte Mrs. Joseph plötzlich. »Seit Jahren habe ich mit angesehen, wie mein Mann Jons Leben geplant hat, und ich habe nichts dazu gesagt. Henry musste sich sehr anstrengen, um es so weit zu bringen, wie er heute ist, sehen Sie, und ich glaube, er will jetzt sein Leben noch mal durch Jon so leben, wie er es sich immer gewünscht hat. Er ist ganz wild darauf, dass Jon studiert, aber Jon möchte zur Kunstakademie. Henry hat fast der Schlag getroffen.«

Chitrita seufzte wieder. »Genau wie mein Rajiv. Sumitha möchte gern ihre Haare abschneiden lassen. Das ist in Indien nicht üblich, aber ich habe zu Rajiv gesagt: Wir leben jetzt nicht mehr in Indien. Doch er gibt nicht nach. Was soll ich tun?«

»Tja«, verkündete Anona Joseph entschlossen, »ich für mein Teil werde mich ändern. Ich werde Jon ganz und gar unterstützen. Obwohl ich Angst habe, was Henry sagen wird. Außerdem will ich noch studieren.« Sie erzählte von ihren Plänen, Raumgestalterin zu werden und eines Tages ihr eigenes Beratungsatelier aufzumachen. Alle waren sehr beeindruckt. Mrs. Turnbull berichtete, dass sie in der nächsten Woche wieder ein Einstellungsgespräch haben würde.

»Für die Stelle einer Grundschulsekretärin. Vielleicht brauchen die da nicht so ein Computerwunderkind!«

»Das wär schön für dich«, sagte Ginny. »Ich drück dir die Daumen.«

»Bald werden Sie dann die einzige richtige Mutter sein, die nur für ihre Lieben sorgt«, sagte sie zu Mrs. Farrant, als sie sich Kaffee eingoss.

»Ja.« Claire ließ einen Mundwinkel hängen. »Im Allgemeinen bin ich wirklich ganz gern zu Hause, aber manchmal wünsche ich mir doch, ich käme öfter mal raus ...«

»Also was das angeht: Ich könnte immer Unterstützung bei meinen Kursen für Englisch als Fremdsprache in der Volkshochschule gebrauchen«, schaltete sich Mrs. Banerji ein. »Wir haben nie genug Hilfskräfte, mit denen die Teilnehmer ihre Sprachkenntnisse ausprobieren können. Kommen Sie doch zu uns, wenn Ihre Kinder im Kindergarten sind. Das macht Ihnen bestimmt Spaß.«

Das könnte ich mir gut vorstellen, dachte Mrs. Farrant. Wenigstens könnte ich mir dann mal um etwas anderes Gedanken machen als immer und ewig nur um Jemma.

Sie wandte sich an Ginny, die sich gerade das dritte Stück Karottentorte nahm. »Sie haben wahrscheinlich mit Ihrer Chelsea überhaupt keinen Kummer, weil Sie doch gewissermaßen Fachfrau für Erziehungsfragen sind und so?«

Ginny zog eine Grimasse. »Glauben Sie das nur nicht. Es ist viel leichter, anderen Leuten Ratschläge zu geben, als sie selber zu befolgen. In letzter Zeit ist Chelsea nicht besonders erfreut über mich.«

»Aber beunruhigt Sie das denn nicht?«, fragte

Claire Farrant. »Regen Sie sich denn gar nicht auf, wenn die Mädchen ihre Wutanfälle kriegen und die verrücktesten Dinge tun wollen?«

»Natürlich reg ich mich auf. Aber das hindert sie nicht daran, erwachsen zu werden. Sie müssen halt auch durch ihre Fehler lernen, wie der Hase läuft.« Ginny machte eine kleine Pause. »Warwick fliegt morgen nach Indonesien, ich bin ganz krank vor Sorgen – aber was soll ich tun? Er ist volljährig, er mag Bäume mehr als Menschen und er ist wild entschlossen zu fahren. Ich hab ihm gesagt, er soll anrufen, aber Warwick vergisst Ermahnungen immer. Chelsea will, dass ich immer zu Hause bin und mich ununterbrochen um ihre Bedürfnisse kümmere.«

»Na, wenn es dir ein Trost ist«, sagte Ruth, »Laura hält dich für die Mutter des Jahres. Was glaubst du, wie oft sie schon zu mir gesagt hat: ›Oh, Mama, warum kannst du nicht so sein wie Chelseas Mutter?‹ Anscheinend bist du voll auf der Höhe der Zeit und ich überhaupt nicht. Du lebst in den Neunzigern und ich in einem prähistorischen Zeitalter, du kennst den Sinn des Lebens und ich einen Dreck ... soll ich weitermachen?«

Mrs. Farrant schenkte wieder die Tassen voll. »Ich nehme an, dass wir uns wohl demnächst mit dem Thema Jungen beschäftigen müssen. Das Thema macht mir großen Kummer.«

Alles scheint dir Kummer zu machen, dachte Ginny, aber sie lächelte nur.

»Na, das hat doch schon angefangen«, sagte Mrs. Turnbull. »Im letzten Schuljahr war Laura in Duncan

Nisbet verknallt, aber das ist wohl vorbei. Ich hab mich schon gefragt, ob sie einen anderen Schwarm hat.«

»Chelsea hat neulich in der Disco einen Rob kennen gelernt, der ist wohl in der Zehnten.« Ginny konnte dazu auch etwas beisteuern.

»Ach, das ist ein Busenfreund von Jon«, sagte Mrs. Joseph. »Die sind schon seit der Grundschule miteinander befreundet.«

»Ist ein netter Kerl, ruft mich dauernd an und will wissen, wie man Journalist wird. Frau hilft ja gern, wenn sie kann«, fügte Ginny hinzu.

»Also schnappst du deiner Tochter seit neuestem die Jungs weg, ja?« Ruth lachte.

»Och, ich glaube nicht, dass Chelsea in ihn verknallt ist. Jedenfalls hat sie noch nie davon gesprochen. Er kümmert sich nicht groß um sie ... also, ich glaube, da läuft nichts. Er meinte, sie hätten sich im *Stomping Ground* kennen gelernt, da hätte er gehört, dass ich Chelseas Mutter bin und ... ach, du meine Güte, vielleicht ist Chelsea so sauer, weil er immer nur übers Schreiben reden will, und sie hätte gern, dass er sich mit ihr abgibt?«

Keine sagte etwas.

Ginny überlegte.

»Sumitha hat keinen Freund«, sagte Chitrita. »Ihr Vater würde das nie erlauben.«

Das könnte er sowieso nicht verhindern, dachten alle anderen gleichzeitig.

»Also, ich glaube, sie mag deinen Jon ganz gern ...«, wandte sich Claire an Anona.

»Ach herrje, ist es schon so spät?« unterbrach Ruth schnell. »Ich glaube, ich muss gehen.«

»Jon?«, fragte Chitrita verwundert.

»Ja, Anonas Sohn. Sie sagte, er sei ein Freund ...«, fuhr Claire unsicher fort, als Mrs. Joseph und Mrs. Banerji sich überrascht ansahen.

Ruth sah vor ihrem inneren Auge die Szene, wie Sumithas Vater entdeckte, dass seine Tochter mit einem Jungen angebändelt hatte. Drastische Umstände erforderten drastische Maßnahmen.

»O nein! Das tut mir aber Leid!«, rief Ruth, als ihr voller Kaffeebecher im Schoß ihrer Gastgeberin landete.

In dem darauf folgenden Getümmel, als Wasser, Handtücher und Lappen geholt wurden, ging das Thema Disco erst einmal unter.

Mrs. Banerji hatte zwei und zwei zusammengezählt, und das machte vier. Sie war nicht beunruhigt – irgendwann musste das passieren und Sumitha war ein vernünftiges Mädchen. Aber sie wusste, dass das Rajiv überhaupt nicht gefallen würde. Sie wollte also lieber vergessen, was sie gerade gehört hatte.

Claire Farrant war immer noch mit einem feuchten Tuch beschäftigt.

Na ja, dachte Ruth, während sie schuldbewusst an den Flecken auf dem Tweedrock herumrubbelte, wir wollten uns ja nicht aufregen, oder?

Schöne Aussichten

Als Jemma am Donnerstag aus der Schule nach Hause kam, sagte ihre Mutter, sie solle sich hinsetzen.

»Also, welche Sorte von Kleidern würdest du denn nun gern anziehen? Aber glaub bloß nicht«, fügte sie eilig hinzu, »dass ich sie alle kaufe.«

Jemma schluckte. »Hm. Ein Minirock wär toll.« Sie sagte »Mini« sehr leise und betonte mehr den »Rock«. »Und vielleicht ein Paar schicke Stiefel. Und ein Seidenhemd, eine taillierte Jacke, eine Samtweste ...«

Ihre Mutter stöhnte. »Ach, du liebes bisschen, naja, aber andererseits bist du ja bald vierzehn.«

»Stimmt. Das versuche ich dir schon seit längerem klarzumachen.«

»Na gut, na gut.« Claire hatte sich vorgenommen, jeden Streit zu vermeiden. »Ich sag dir was. Du kannst dir ein paar neue Sachen kaufen. Wir gehen am nächsten Samstag einkaufen. Dann gehen wir zu ›Pünkelchen‹ und ...«

»MAMA!«

»Oh, tut mir Leid, ist ja schon gut. Dann gehen wir eben zu ›Trendy‹ oder ›H&M‹ oder ›Annabella‹ oder wohin auch immer ...«

»Das wär toll, Mama, ehrlich. Aber könnte ich nicht mit Laura oder Sumitha oder sonstwem losziehen und selber einkaufen? In meinem Alter schleppt man zum Einkaufen eigentlich nicht mehr seine Mutter mit.«

»Oh, aha. Werden deine Freundinnen dann auch die

Rechnungen bezahlen, wenn du dir die verrücktesten Sachen kaufst?«

»Nein, aber …«

Ihre Mutter seufzte. Langsam bis zehn zählen, sagte sie zu sich. »Na gut. Du gehst mit den Mädchen, suchst dir die Sachen aus, und wir treffen uns dann später und ich bezahle.«

Jemma sprang auf und umarmte ihre Mutter. »Danke, Mama – ich ruf schnell die anderen an.«

»Aber du siehst sie doch morgen in der Schule!«, rief ihre Mutter ihr hinterher.

Aber Jemma wählte schon die Nummer.

Einkaufen bis zum Umfallen

Sumitha war entzückt, als Jemma sie anrief und sie zum Einkaufsbummel am Samstag einlud. Sie hatte sich gerade dazu entschlossen, alles zu wagen und sich die Haare abschneiden zu lassen, solange ihr Vater so gute Laune hatte. Jemma fragte sie, ob sie nicht übermütig sei, aber Sumitha wusste, dass sie das jetzt tun musste. Wenn Jemma als moralische Unterstützung mitkäme, würde ihr das sehr helfen.

Am nächsten Tag in der Schule fragte Jemma Chelsea und Laura, ob sie auch mitkommen wollten. Sie wollte nämlich gern jemanden dabeihaben, der nicht gertenschlank und wunderschön war, und da hätte Laura ihr gut getan. Aber Laura zog einen Schmollmund und sagte, sie käme nur mit, wenn Sumitha nicht dabei wäre. Da geschah etwas völlig Untypisches: Jemma verlor die Beherrschung.

»Nun reiß dich endlich zusammen, Laura, und hör mit dem Gejaule auf!«, brüllte sie. »Dieses ganze Getue wegen einem Jungen, der seit dem Samstag wahrscheinlich kein einziges Mal an eine von euch beiden gedacht hat. Was ist dir denn nun wichtiger: deine Freundinnen oder ein Junge, der vielleicht mal mit dir spricht, wenn er gerade nichts Besseres zu tun hat?«

Laura sah verdutzt drein. Um ehrlich zu sein, sie hatte es langsam selber satt, die beleidigte Leberwurst zu spielen.

»Mensch, Jemma, das hätte ich dir nicht zugetraut«, sagte Chelsea bewundernd, als Laura und Sumitha sich widerstrebend geeinigt hatten, Jons Namen nicht mehr zu erwähnen und wieder Freundinnen zu sein.

Also marschierten sie in die Innenstadt und Jemma suchte sich einen kniekurzen Samtrock, einen leuchtend roten Minirock und eine knallbunte Bluse mit dazu passender Jacke aus. Nun musste sie nur noch ihre Mutter davon überzeugen, dass eine fast Vierzehnjährige genau solche Kleidungsstücke in ihrer Garderobe brauchte.

»Vor allem«, erklärte Chelsea, »musst du eine Strategie haben. Du musst ihr erst was ganz Ausgefallenes zeigen – zum Beispiel diesen goldenen Plastikoverall da. Wenn sie dann kurz vorm Durchdrehen ist ...«

»Was absolut der Fall sein wird«, unterbrach Jemma.

»Wenn sie also kurz vorm Durchdrehen ist«, fuhr Chelsea fort, »dann sagst du: ›Okay, Mama, und wie fändest du das hier?‹ und dann zeigst du ihr das, was du wirklich willst.«

»Super.« Jemma grinste.

Dann war die Reihe an Sumitha. Sie hatte drei Paar Baumelohrringe gekauft und konnte es nicht erwarten, die an ihren Ohren zu zeigen. Die Mädchen marschierten zu »Coiffeur Jean-Marc« und sahen zu, wie Sumithas kohlpechrabenschwarzes Haar Strähne für Strähne auf den Fußboden fiel.

Eine Stunde später tauchte Sumitha mit einem schicken Pagenkopf auf und fror am Hals. Sie brach in Tränen aus.

»Wie grässlich!«, heulte sie.

»Siehst toll aus«, widersprach Chelsea.

»Passt echt gut zu dir«, stimmte Laura zu und dachte bei sich, dass sie Jon ohne das wundervolle lange Haar bestimmt nicht mehr so gut gefiel.

»Ich wünschte, meine Frisur würde auch so sitzen«, ergänzte Jemma.

Zwei Schmalzkringel und eine Tasse heiße Schokolade waren nötig, um Sumitha zu beruhigen. Erst als sie sich ein Paar von den neuen Ohrringen angeclipst und bewundernde Blicke von einem knackigen Jungen vom Tisch gegenüber geerntet hatte, fing sie sich wieder. Vielleicht würde Jon sie so noch mehr mögen.

»Jetzt muss ich nur noch den Ärger zu Hause durchstehen.« Sie seufzte, als sie zur Bushaltestelle ging.

Als Mrs. Farrant pünktlich beim Treffpunkt erschien, sagte sie sich ein ums andere Mal, dass sie ruhig bleiben und sich gelassen und souverän verhalten wollte. Doch dann zeigte Jemma ihr als Erstes den goldenen Plastikoverall.

»SO KANNST UND WIRST DU NICHT RUMLAUFEN!«, kreischte Mrs. Farrant, woraufhin der Abteilungsleiter vor Schreck seinen Kugelschreiber fallen ließ.

»Okay, okay, Mama, ist ja gut«, sagte Jemma. »Fändest du das hier besser?«

Sie hielt den Samtrock hoch, den Minirock in Pink, die Bluse und die Jacke.

»Der Rock ist reichlich eng, der Minirock zu knallig – ach, egal, nimm es. Alles ist besser als dieses Plastikkostüm.«

»Danke, Mama, du bist echt toll.« Jemma grinste, als ihre Mutter das Scheckheft rausholte. Sie zeigte den anderen den Siegesdaumen.

»Kinder.« Mrs. Farrant stöhnte leise in Richtung der Verkäuferin, doch die kaute äußerst konzentriert auf ihrem Kaugummi herum. »Erst sind sie süß, aber sie wachsen so schnell heran, nicht wahr? Mir kommt es vor, als hätte sie gestern erst ...«

»Mama, sei still«, knurrte Jemma. Mach's jetzt nicht kaputt, dachte sie.

Die Verkäuferin kaute weiter und faltete die Kleidungsstücke mit der Geschwindigkeit einer mit Beruhigungsmitteln gedopten Schildkröte in eine Tragetüte.

»Äh, einen Augenblick, bitte.« Jemmas Mutter

kniff die Augen zusammen. »Ist da nicht der Saum lose?«

»Was?«

»Ich fragte, ob der Saum da abgeht.« Sie zeigte auf ein paar lose Fäden.

»Nä, die ham nur fix genäht«, sagte die Verkäuferin.

»Ach. Aber offensichtlich nicht alles, oder? Das ist nicht ordentlich gearbeitet.« Jemmas Mutter lief jetzt auf Hochtouren. »Ich hatte meine Tochter gewarnt, dass sie nicht in so billigen Läden einkaufen solle, aber sie wollte nicht auf mich hören. Jetzt gehen Sie bitte und suchen einen Rock, der nicht gleich auseinander fällt – oder fallen alle Ihre Sachen auseinander, wenn man sie anfasst?«

Die Verkäuferin hob ihre gezupften Augenbrauen gen Himmel, kaute noch einmal schnell eine Runde und wackelte davon. Jemma schämte sich. Laura und Chelsea standen da und gafften mit offenem Mund.

»Ach Mama, reg dich ab«, sagte Jemma und schlang ihr linkes Bein um das rechte, was sie immer tat, wenn ihr etwas Peinliches passierte.

»Da hängt doch nur ein winziges Fädchen – das näh ich später fest.«

»Sieh dir das an!« Mrs. Farrant hob die Bluse hoch. »Da fehlt ein Knopf!«

»Es gibt doch einen Ersatzknopf innen – ich kann den annähen, Mama. Bitte bezahl und mach nicht so einen Aufstand.«

»Ich mache keinen Aufstand, Jemma, ich verlange mein Recht. Ich werde doch nicht gutes Geld für Kleider bezahlen, die schon beim ersten Anziehen auseinander fallen.«

»Die fallen schon nicht auseinander, es ist ...«

»GENUG!«

Die Verkäuferin kam zurückgewackelt und brachte einen anderen Rock.

»Passt Ihnen der?« knurrte sie wütend.

Mrs. Farrant sah ihn sich genau an. »Vielen Dank, der scheint in Ordnung«, antwortete sie. »Und hier fehlt ein Knopf...«

Die Verkäuferin stöhnte. »Wassendamit?«

»Er ist nicht da, das ist damit. Natürlich könnte ich mich auch direkt an Ihren Abteilungsleiter wenden.«

Die Verkäuferin zeigte auf einmal Eifer. »Einen Augenblick, gnädige Frau, ich sehe mal nach, ob wir noch eine am Lager haben.«

»MAMA!« Jemmas Unbehagen wuchs und wuchs.

Die Verkäuferin kam zurück. »Bedaure, meine Dame, aber das ist die Letzte. Ich könnte jedoch im Preis zwei Pfund runtergehen.«

»Gut, dann tun Sie das«, sagte Claire.

Laura und Chelsea waren beeindruckt. »Deine Mutter kennt sich aus«, flüsterte Laura.

»Na bitte, meine Lieben.« Claire holte tief Luft. »Da habt ihr die zwei Pfund, kauft euch etwas zu trinken, während ich meine Einkäufe erledige. Ich seh dich dann zu Hause, Jemma.«

»Danke, Mama, vielen Dank!« Jemma war selig.

»Deine Mutter war super«, sagte Chelsea. »Ich hätte mich nie getraut, was zu sagen.«

»Sie war echt cool, was?« Jemma war ziemlich stolz

auf ihre Mutter. Das war eine ganz neue Erfahrung. »Ich glaube, ich lauf ihr nach und kauf ihr eine Schachtel Pralinen – ihr wisst schon, so als Dankeschön. Bis später!«

»Soll ich oder soll ich nicht?«, fragte Chelsea später, als sie und Laura dann bei einer Cola und Pommes saßen.

»Was sollst du oder nicht?« Laura war immer noch sehr niedergeschlagen wegen ihrem Liebeskummer.

»Na, mir die Nase piercen lassen.«

»Meinst du das im Ernst?« Laura schnappte nach Luft. Die Ungeheuerlichkeit von Chelseas Vorhaben verdrängte alle romantischen Gedanken aus ihrem Kopf. »Deine Mutter würde verrückt spielen. Na ja, meine würde das jedenfalls. Deine ist ja ziemlich cool, wahrscheinlich schimpft sie nicht mit dir.«

»Wenn ich es mir genau überlege, würde sie wahrscheinlich für die nächste Ausgabe eine Story darüber schreiben. ›Der Tag, an dem Chelsea eine Punkerin wurde‹ – das trau ich ihr glatt zu. He, wenn man sich die Nase piercen lässt und Schnupfen hat, wie kriegt man das gebacken?«

»Bäh!«

»Na gut, dann lass ich mir Ohrlöcher stechen.«

»Hast du doch schon.«

»Dann eben noch mal. Los, komm mit.«

Sumitha schlich durch die Hintertür ins Haus. Auf Zehenspitzen trippelte sie zur Treppe. Da traf sie auf ihre Mutter, die gerade aus dem Esszimmer kam.

»Sumitha! Deine Haare!« Chitrita rang nach Luft.

Sumitha schluckte.

»Tut mir Leid, Mama, also, ich hatte gehofft, es würde klasse aussehen – und Papa hat doch gesagt, er will nicht mehr so streng sein – wenn sie nur die Seiten nicht so kurz geschnitten hätten – und – ach, Mama!« Und Sumitha brach wieder in Tränen aus.

»He, Sumitha«, ihre Mutter nahm sie in den Arm, »du solltest dich darüber freuen. Was ist denn los?«

»Ich sehe so doof aus!«, schluchzte ihre Tochter.

»Du siehst wunderhübsch aus.«

»Ehrlich?«

»Ganz ehrlich.«

»Findest du, ich sehe jetzt – also irgendwie – so – du weißt schon ...«

»Du siehst sehr elegant aus, wie eine junge Dame.«

»Papa kriegt einen Anfall.« Sumitha verzog die Mundwinkel.

»Ganz sicherlich«, stimmte ihre Mutter ihr zu.

Heavy Metal

»Hallo, Chelsea, wie war denn das Eink ... um Himmels willen, was ist denn das?«

»Was?« Chelsea schenkte ihrer Mutter das, wovon sie hoffte, dass es ein Eisblick war.

»Deine Ohren – da hängen ja tausend Sachen dran!« Ginny schlug die Hände vors Gesicht.

»Bloß zehn Stecker und eine Kreole.«

»Mach sie sofort ab und zwar dalli!«

»Pf. Ich hab sie gerade erst reingefummelt. Warum denn?«

»Weil in der Schule nur ein Stecker erlaubt ist, weil du hässlich und billig damit aussiehst, weil ...«

»Ach, das ist ja nett! Auf einmal merkst du, wie ich aussehe. Sonst kümmert es dich einen Dreck. Du bist viel zu sehr damit beschäftigt, dich aufzuputzen und mit meinen Freunden rumzuflirten. Tja, dann hast du jetzt Pech gehabt, ich lass sie nämlich drin und ...«

»O nein, mein Fräulein, das machst du nicht! Mach sie sofort raus oder ...«

»Oder WAS?«, schrie Chelsea. »Oder du schreibst in deiner Zeitung über mich? Erzählst aller Welt, dass die dumme Chelsea wieder mal Mist gebaut hat? Das sind meine Ohren, ich setze hiermit ein modisches Zeichen, jawohl!«

Chelsea fiel nichts mehr ein.

Ginny stand auf und legte ihren Arm um Chelseas Schulter. »Chelsea, meine Süße, du bist viel zu hübsch, als dass du einen ganzen Eisenwarenladen in deinen Ohrläppchen brauchen würdest.«

Chelsea sah sie an. »Jetzt hast du zum ersten Mal gesagt, dass ich hübsch bin. Bin ich das wirklich?«

Ginny setzte sich hin und zog Chelsea neben sich. »Natürlich bist du das, du Dusselchen. Es tut mir Leid, meine Süße – aber wahrscheinlich bin ich einfach an meine gut aussehende Tochter gewöhnt und vergesse ganz, dass man dir das auch ab und zu mal sagen muss. Du bist bildhübsch, ehrlich.«

Chelsea sah etwas besänftigt aus.

»Und was heißt, ich würde rumflirten?« Ginny erinnerte sich an die Unterhaltung beim Kaffeetrinken. »Du meinst doch damit hoffentlich nicht meine Schwatzereien mit Rob?«

»Schwatzereien nennst du das?«, murmelte Chelsea. »Du stürzt dich ja immer förmlich auf ihn! Das ist widerlich!«

Ihre Mutter unterdrückte einen Lachreiz. »Tut mir Leid, meine Süße, ich hab mir das nicht gut überlegt. Der Knabe war so wild aufs Schreiben, und da hat es mir geschmeichelt, dass jemand meine Meinung zu was anderem als Pickel oder Liebeskummer wissen wollte. Aber flirten? Du spinnst ja! Das ist doch noch ein grüner Junge!«

»Der ist nicht mehr grün«, zischte Chelsea. »Jedenfalls nicht sehr.«

»Du hast an ihm einen Narren gefressen, ja?«

Chelsea zuckte erst mit den Schultern, dann nickte sie.

»Na, dann hol dir, was du kriegen kannst. Ich werde mich in Zukunft im Hintergrund halten, das versprech ich dir. Aber mach den Blechkram trotzdem ab, das passt nicht zu dir, meine Süße.« Ginny grinste. »Ich wünschte, ich hätte dein Aussehen, und das meine ich ganz ehrlich.«

Chelsea lächelte dünn. »Alle in meinem Jahrgang sagen, ich hätte die schickste Mutter. Kein Wunder, du bist ja auch ewig mit deinen Klamotten beschäftigt.«

»Ich fürchte, ich bin ziemlich eitel. Wenn du erst mal in meine Jahre kommst, so mit den ersten grauen

Haaren und einem Ansatz zum Doppelkinn, dann musst du dich schon anstrengen, wenn du gegen die Falten Siegerin bleiben willst. Manchmal schau ich morgens in den Spiegel und wünsche mir, ich wär wieder zwanzig. Bin ich wirklich so aufgetakelt?«

»Na ja, manchmal bist du so gar nicht, äh, mütterlich.«

»Weißt du was, wenn ich nächste Woche mit meiner Sendung fertig bin, gehen wir in die Stadt. Dann suchst du was aus, was ich deiner Meinung nach anziehen sollte, was Passendes für Mütter.« Sie zog eine Grimasse. »Ich spendiere dir ein paar hübsche Ohrringe für das eine Loch an jedem Ohr, das du NICHT wieder zuwachsen läßt.«

Chelsea lächelte. »Okay. Aber du musst mir versprechen, dass du in den Ankleidekabinen keine Schau abziehst.« Sie machte ein strenges Gesicht.

»Ehrenwort«, kam es brav von Ginny.

Bellborough Court School
Bellborough
Northants

Liebe Eltern,
der Elternsprechtag für Ihr Kind findet am Donnerstag, d. 6.7. um 19 Uhr statt. Wir hoffen sehr, dass alle Eltern die Gelegenheit nutzen werden, um sich über den Leistungsstand ihres Kindes zu informieren und Absprachen bezüglich der geeigneten Fördermaßnahmen für ihr Kind zu treffen.

Bitte tragen Sie auf dem Abschnitt unten die gewünschte Sprechzeit ein und kreuzen Sie die Namen der Lehrerinnen /Lehrer an, die Sie sprechen möchten.

Mit freundlichen Grüßen

Stephen Ellwood
Klassenlehrer

Ich komme zu dem angekündigten Elternabend
ja / nein
Mein Sohn / meine Tochter wird mitkommen

Lassen Sie es mich so sagen

Jon hatte Angst vor dem Elternsprechtag. Noch vor einer Woche hatte er sich vorgenommen, dass er diesmal reden, seine Meinung vertreten und seine Wünsche äußern und sich nicht wieder von seinem Vater überrollen lassen würde. Das war letzte Woche gewesen.

Heute Abend stand er mit seinem Vater in der Warteschlange, um mit Schwitzig zu sprechen (sonst bekannt unter dem Namen Ellwood; den Spitznamen verdankte er seiner Ablehnung von Deos) und sein Mut war tief gesunken. Er nahm an, dass Schwitzig die Partei seines Vaters ergreifen würde – das machten die Lehrer immer so. Er wünschte, dass seine

Mutter hier wäre, aber sie hielt heute Abend an der Volkshochschule einen Vortrag zum Thema »Farne als Schmuck im Wintergarten«.

Seitdem er seinem Vater erzählt hatte, dass er nach dem Abitur auf eine Kunstakademie gehen wolle, war die Beziehung zwischen ihnen gespannt, um es vorsichtig auszudrücken. Das Seltsame war nur, dass seine Mutter ganz gelassen auf seine Pläne reagiert hatte – sogar ziemlich ermutigend, wenn man es genau nahm.

Sie hatte das Thema am Morgen nach der Disco aufgegriffen.

»Dein Vater sagt, du willst nach der Schule auf eine Kunstakademie. Erzähl mal Genaueres.«

Also hatte Jon tief Luft geholt und losgelegt. Das Einzige, was ihn wirklich begeisterte, war, seinen Vorstellungen auf Papier eine Gestalt zu verleihen, nicht in Worten, sondern in Bildern. Er versuchte seiner Mutter klarzumachen, wie aufregend er es sich vorstellte, wenn er den ganzen Tag zeichnen könnte, und was für umwerfende Einfälle er dann hätte. Er zeichnete gern Cartoons und träumte davon, Karikaturist zu werden wie Ronald Searle oder Ralph Steadman.

Außerdem würde er gern viele andere Dingen probieren wie Buchumschläge oder Plakate entwerfen. Doch um sein Talent herauszufinden, musste er unbedingt auf die Kunstakademie gehen. Aber um dort die Aufnahmeprüfung zu schaffen, war es absolut nötig, dass er Kunst als Leistungsfach nahm und in den Arbeitsgemeinschaften vielleicht noch Töpfern – nicht so was Ätzendes wie Geschichte. Aber Bellborough Court war eine streng nach den traditionellen Leistungsfächern ausgerichtete Schule mit sehr wenigen Angeboten im musischen Bereich.

Als Jon Schwitzig sprechen hörte, konzentrierte er sich wieder auf die Gegenwart.

»Guten Abend, Mr. Joseph – und Jonathan.« Mr. Ellwood wies auf die Stühle. »Na, dann lassen Sie uns mal sehen – äh, ja. Hier ist Jonathans Akte.«

»Jetzt hören Sie mal gut zu«, legte Jons Vater los, bevor der Lehrer noch ein weiteres Wort sagen konnte, »mein Sohn hat die verrückte Idee, dass er zur Kunstakademie will und lauter solchen Blödsinn. Vielleicht können Sie ihm mal den Marsch blasen – mir ist es anscheinend nicht vergönnt …«

»Ein glänzender Plan«, sagte Mr. Ellwood. »Sie haben ja sicherlich schon bemerkt, wie außerordentlich begabt Ihr Sohn ist, was Kunst angeht. Sehen Sie nur – lauter Einsen bisher. Und die Zeichnung, die er für unsere Schülerzeitung angefertigt hat – einfach hinreißend. Ich habe es schon oft bedauert, dass er sich diesen Dingen nicht mehr widmen kann.«

»Aber meine Güte, Mann, Jon will nach Cambridge, Jura und in diese Richtung …« Jons Vater platzte los, während sein ohnehin schon gerötetes Gesicht langsam ins Kirschrote überwechselte.

»Jon?« Mr. Ellwood drehte sich ziemlich überrascht zu Jon um.

»Ich will gar nicht auf die Universität, mein Vater möchte das«, murmelte Jon mit klopfendem Herzen.

Sein Vater schätzte es nicht besonders, wenn man ihm widersprach.

Mr. Ellwood seufzte innerlich und dachte: Warum in aller Welt klammert sich dieser Mann an den Glauben, sein Sohn gehöre nach Cambridge? Jon hat in den Lernfächern bereits jetzt Schwierigkeiten mitzukommen, und noch ist er nicht einmal in der Oberstufe. Er holte tief Luft.

»Also, um ganz offen zu sprechen, Mr. Joseph, Jon ist nicht der Schülertyp, der stur büffelt. Ich glaube kaum, dass Cambridge die richtige Laufbahn für ihn ist. Was jedoch seine künstlerischen Fähigkeiten betrifft...«

»Wenn das so ist, dann sorgen Sie verdammt noch mal dafür, dass er für Cambridge genügend lernt! Was zum Teufel denken Sie eigentlich, warum ich das viele Geld für ihn zahle? Für eine bekloppte Kunstakademie? Wenn er auf eine Kunstakademie gehen sollte, könnte er genauso gut auf die hiesige Gesamtschule gehen.«

»Das würde ich auch gern«, hörte Jon sich zu seiner großen Überraschung sagen.

»JON!«, protestierte sein Vater.

Mittlerweile wurden dem wild gestikulierenden Mr. Joseph von drei Vierteln der im Raum Anwesenden neugierige Blicke zugeworfen. Jon senkte die Augen und flehte innerlich, dass sich endlich der Boden vor ihm auftun und seinen Vater verschlingen würde.

»Mr. Joseph«, sagte Mr. Ellwood und zählte im Geiste bis zehn. »Jon hat im künstlerischen Bereich gewiss eine große Zukunft. Er zeigt große Begabung. Sie wissen, dass er das Fach Kunst im Gymnasialzweig belegt hat, aber wenn er in die Sekundarstufe II kommt, dann wäre für ihn eine Schule mit einem besseren Angebot an Ateliers und Werkstätten bestimmt viel günstiger. Er braucht ganz andere Möglichkeiten, als wir sie ihm hier in Bellborough bieten können.«

»Das ist ja ungeheuerlich«, plusterte sich Henry Joseph auf. Er stand auf, wandte sich zu Jon und winkte ihm, dass sie gehen wollten. Aber Jon war schon verschwunden.

»Mr. Joseph«, fuhr Mr. Ellwood fort, »vielleicht kann ich Ihnen etwas zeigen.«

Die Kunst, einen Kompromiss zu schließen

Jon saß neben dem Fahrradschuppen und war fix und fertig mit der Welt. Als Schwitzig das Wunder vollbracht und erzählt hatte, wie gut er in Kunst sei, hatte er einen kleinen Hoffnungsschimmer gesehen. Aber natürlich hatte sich Papa wieder aufplustern müssen und rumtönen, was er dachte und was er wollte. Er hatte nichts kapiert.

Jon wusste, dass er nicht übermäßig intelligent war – er hatte es immer nur gerade so eben geschafft, und das auch nur, weil er wie verrückt gebüffelt hatte.

Alles, was er wollte, war entwerfen, zeichnen, malen.

Er dachte über das nach, was diese Sumitha neulich gesagt hatte: »Bleib stur! Am Ende werden sie sich erweichen lassen.« Ein paar Tage lang hatte er ihr geglaubt. Tja, sie hatte sich geirrt, oder? Eine kurze Zeit lang hatte er gehofft, dass seine Mutter seinen Vater überreden könnte. Er wünschte sich, er hätte mehr Durchsetzungskraft, mehr Mumm – so wie das Mädchen, das seinetwegen neulich mit dem Rad gestürzt war. Ich wette, die hätte sich durchgesetzt, dachte er und grinste, als er sich an ihre Schimpfkanonade mitten auf der Billing Hill erinnerte. Wetten, wenn die was will, dann geht sie einfach hin und nimmt es sich, dachte er.

»Wir gehen, Jon.« Sein Vater tauchte hinter dem Anbau auf, in dem die naturwissenschaftlichen Fachräume lagen. Jon fand, er sah etwas bedrückt aus. Schweigend gingen sie zum Auto.

Als sie eingestiegen waren, hustete sein Vater, sah dann Jon an und hustete wieder. »Du hast mir gar nichts von dem Titelbild für die Schülerzeitung erzählt«, sagte er dann.

»Warum auch. Schließlich wird man nicht wegen Titelillustrationen in Cambridge aufgenommen, und deshalb dachte ich, es würde dich nicht interessieren.«

»Mr. Ellwood hat es mir gezeigt – es ist verdammt gut.« Mr. Joseph lächelte Jon etwas schief an.

»Danke.«

»Er hat mir auch deine Karikaturen von den Politikern gezeigt und deine Kulissenentwürfe für die nächste Schulaufführung. Alles ziemlich gutes Zeug.

Hör mal, ich ... na ja, ich denke, du irrst dich. Ehrlich gesagt, ich denke, du spinnst. Aber wenn du wirklich mit diesem Kunstkram weitermachen willst, dann sollte ich dich wohl nicht davon abhalten.«

»Ehrlich? Willst du damit sagen, ich brauch nicht mehr Chemie nehmen und ...«

»Mal langsam, ich bin zwar immer noch der Ansicht, dass nächstes Jahr das Thema abgehakt ist, weil du selber merken wirst, dass du an dieser Kunstakademie deine intellektuellen Fähigkeiten verschwendest, aber wenn du, also, wenn du zur Lee-Hill-Schule wechseln willst, damit du mal richtig töpfern und malen und den ganzen Quatsch machen kannst, wenn du in die Sekundarstufe II kommst, na ja, und wenn deine Mutter meint, du solltest das machen, dann werde ich, äh, wohl zustimmen müssen.«

»Papa – das ist ja super!«

»Aber unter einer Bedingung! Dass du dich weiterhin in allen anderen Fächern ordentlich anstrengst und dir die endgültige Entscheidung offen hältst.«

»Klar, Papa. Und – danke! Ich weiß, wie sehr ich dich enttäuscht habe.«

Sein Vater hustete wieder. »Nein, also, nee, hast du nicht. Als ich deine Sachen da drin gesehen habe, war ich ganz schön stolz. Wo du das wohl herhast? Ich konnte noch nie zeichnen. Na, was meinst du wohl, was meine Freunde im Club sagen werden, wenn mein Sohn erst mal der Karikaturist beim *Daily Telegraph* ist?«

Lee Hill School
Weston Way Leehampton

Elternabend für die Jahrgänge Neun und Zehn

Wir möchten hiermit alle Eltern noch einmal an den Elternabend am Freitag, d. 7.7. um 19.00 Uhr erinnern.
Wir bitten darum, die Geschwister nicht mitzubringen.

Tee und Erfrischungen werden angeboten, der Erlös ist für die Renovierung des Tennisplatzes bestimmt.

Unterzeichnet Rachel Hopkirk
Stufenleiterin

Kleiderratschläge

Ginny war eigentlich nicht in Stimmung für einen Elternabend. Sie hatte seit Warwicks Abreise nach Indonesien noch keinen Ton von ihm gehört und machte sich Sorgen. Vielleicht rief er heute Abend an, dann würde sie den Anruf verpassen. Und als wäre das alles noch nicht schlimm genug, saß auch noch Chelsea da und sah ihr beim Umziehen zu.

»Mama, wenn du das anziehst, bleib ich zu Hause!«, erklärte die Tochter.

Ginny seufzte.

»Mama, hast du gehört, was ich gesagt habe?«

»Oh, Chelsea, was ist bloß mit dir los? Was ist denn falsch an diesem Hosenanzug?«

»Mütter tragen keine Hosenanzüge mit kurzen Hosen. Jedenfalls keine normalen Mütter. Und schon gar keine mit Knubbelknien und Krampfadern hinten an den Beinen.«

»Du lieber Gott, wo denn?«

»Na ja, nur eine kleine«, wurde sie von Chelsea beruhigt. »Bitte, Mama! Zieh diese Shorts aus und steig in einen Rock. Bitte! Mir zuliebe.«

Ginny war nicht die einzige Mutter, die von ihrem Nachwuchs kritisch beäugt wurde. Jemma hatte dafür gesorgt, dass ihre Mutter den marineblauen Faltenrock wieder aus- und ihr bestes eierschalfarbenes Kostüm angezogen hatte. Laura hielt ihrer Mutter einen Vortrag über die Themen, die sie im Gespräch mit der Lehrerin vermeiden sollte.

»Sag bitte nichts Peinliches, ja? Red nicht von Melvyn und dir oder über Papa und sein Biest Betsy oder vom Haus …«

»Laura, ich gehe dorthin, um über DICH zu sprechen. Über deine mehr oder weniger vorhandenen Leistungen in Mathe, Geschichte – und nicht, um über unser Privatleben zu reden. Bitte erinnere dich kurz, es war nicht ich, die in aller Öffentlichkeit unsere schmutzige Wäsche gewaschen hat!«

»O ja, so ist es recht, wühl nur in der Vergangenheit und halte mir meine alten Fehler vor, bitte sehr! Ich will ja nur, dass du dich heute Abend auf das absolute Minimum beschränkst.«

»Mama«, sagte Sumitha, »glaubst du, dass Papa sich am Elternabend wieder danebenbenimmt?«

»Warum sollte er?«

»Na ja, er ist doch immer noch wütend wegen meinem Haar, nicht? Wenn er in der Schule loslegt…«

»Das wird er natürlich nicht tun. Schließlich haben es dir ja nicht deine Lehrer abgeschnitten, oder?«

»Nein, das nicht. Aber ich hab Angst, dass er wieder Vorträge über die mangelnde Disziplin englischer Kinder hält und so…«

»Sumitha, dein Vater wird es schon richtig machen. Vertraue auf mich.«

»Danke, Mama.«

Mrs. Banerji wünschte nur, sie würde sich so selbstsicher fühlen, wie sie sich angehört hatte.

2 : 0 Mütter gegen Lehrer

Doch dann waren es die vier Mädchen, die in unterschiedlichen Schockstadien und Verwirrungszuständen vom Elternabend nach Hause kamen.

Lauras Mutter hatte sich mit Wucht auf Miss Hopkirk gestürzt, die seit dem Mittelalter in der Mittelstufe Englisch unterrichtete und wie ein hungriges Frettchen aussah.

Die hatte erklärt, dass Lauras Leistungen in den vergangenen Monaten nachgelassen hätten, aber dass man das natürlich nicht Laura anlasten könne.

»Schließlich ist sie nur ein Opfer. Mit solchen Schwierigkeiten werden junge Menschen nur sehr schlecht fertig.«

Mrs. Turnbull war in ihrer prämenstruellen Phase, und außerdem kniff sie ihr Hosenbund und erinnerte sie alle drei Minuten daran, dass sie dringend wieder eine Diät machen musste. Deshalb erkundigte sie sich in eisigem Ton: »Was für Schwierigkeiten meinen Sie, Miss Hopkirk?«

Miss Hopkirk warf einen Seitenblick auf Laura. »Äh, die – na ja, ähem, in ihrem Alter – äh, ich möchte nicht gern ausführlich darüber sprechen, aber die – äh, häuslichen Veränderungen haben offensichtlich Spuren hinterlassen. Ein Elternteil ... wissen Sie ...«

An diesem Punkt streikten Ruths Hormone. »Wollen Sie damit andeuten, Miss Hopkirk, dass der Leistungsabfall bei meiner Tochter meine Schuld ist? Bin ich dafür verantwortlich, dass sie in Grammatik eine Niete ist? Schreibe ich vielleicht ihre wirren Aufsätze? Bin ich es etwa, die ihre Schulaufgaben zu spät erledigt? Vielleicht, Miss Hopkirk, bin ich ja auch der Grund für die Umweltverschmutzung und die steigenden Preise ...«

»Mama!«, zischte Laura.

»Oh, Mrs. Turnbull«, Miss Hopkirks Hals wurde vor Empörung länger und färbte sich lila, »ich wollte damit nur sagen, dass Laura ja schließlich einen Elternteil verloren hat und deshalb ...«

»Jetzt hören SIE mal gut zu, Miss Hopkirk! Laura hat keinen Elternteil verloren. Sie hat nicht mal zeitweilig einen verlegt. Ihr Vater lebt, es geht ihm gut und er besucht sie regelmäßig.«

»Das schon, aber ...«

»Aber gar nichts!«, fauchte Mrs. Turnbull. »Laura ist ein tolles Kind. Meistens gibt sie sich viel Mühe. Sie wird von mir geliebt, von ihrem Vater geliebt, von der ganzen Familie geliebt. Wenn sie in ihren Leistungen nachgelassen hat, könnte der Grund dafür nicht in der schlichten Tatsache zu suchen sein, dass sie Ihren Unterricht langweilig findet? Oder darin, dass sie wie ein normaler Teenager stundenlang rumtelefoniert anstatt ihre Hausaufgaben zu machen? Was auch immer die Ursache ist, wir werden sie herauskriegen. Laura und ich. Und ihr Vater. Ohne die widerwärtigen Unterstellungen einer vertrockneten alten Jungfer wie Sie. Guten Abend!«

Laura blieb die Spucke weg.

Miss Hopkirk hatte eine Hitzewallung, nahm zwei Pillen und trank eine Tasse Tee, bevor sie als Nächste diese nette Mrs. Gee von der Zeitung hereinbat. Das war wenigstens eine Mutter, die wusste, was Sache war.

»Es überrascht mich immer wieder, Mrs. Gee, dass Chelsea solch eine begabte Mutter hat und trotzdem nur sehr durchschnittliche Literaturkritiken schreiben kann«, säuselte sie.

»Miss Hopkirk, meine Tochter ist ein lebendiger Mensch und keine Kopie von mir – das will sie auch gar nicht sein. Chelsea ist sehr leistungsstark in Naturwissenschaften, sie fällt beim Anblick von Blut nicht in Ohnmacht wie ihre Mutter, und wenn sie Zahlen zusammenzählt, dann stimmt das Ergebnis schon beim ersten Mal. Außerdem will sie Tierärztin werden. Ich glaube nicht, Miss Hopkirk, dass man zum Schienen eines Schäferhundbeins den Gebrauch des Partizips Perfekt von Herrn Dickens kennen muss. Guten Abend!«

Miss Hopkirk trank noch eine Tasse Tee und roch an Lavendelöl, um ihre Nerven zu beruhigen. Die Eltern heutzutage hatten wirklich keine Ahnung.

»Jemma ist sehr begabt für Fremdsprachen.« Mr. Horage blätterte in einer Heftmappe mit französischen und deutschen Diktaten und fragte sich, warum Mrs. Farrant zum Elternabend eine Art Hochzeitskostüm trug. »Wirklich ausgezeichnet.«

Jemma grinste. Mrs. Farrant sah gebührend beeindruckt aus.

»Jemma wird natürlich sehr von dem anstehenden Parisbesuch profitieren«, fuhr er fort.

Jemma schluckte.

Mrs. Farrant fragte: »Paris?«, als hätte sie diesen Namen noch nie gehört.

»Ich hatte meiner Mutter noch nichts davon gesagt.«

»Wovon gesagt?«

Jemma zog einen zerknitterten Zettel aus ihrer Jackentasche.

STUDIENREISE NACH
LES MOULINS CENTRE, PARIS

Liebe Eltern,
in der ersten Woche der kommenden Sommerferien werden Mr. Horage, Miss McConnell und Mrs. Sandell eine Gruppe von neun Schülerinnen und Schülern nach Paris begleiten.
Sie werden in Zimmern des *Les Moulins Centre* untergebracht. Von dort aus können sie die bedeutendsten Sehenswürdigkeiten bequem erreichen. Außerdem werden sie an einem Sprachkurs teilnehmen. Es besteht ausreichend Möglichkeit zum Stadtbummel und zum Kennenlernen von französischen Familien.
Die Kosten für die Studienreise betragen 227 Pfund. Wir bitten um eine Anzahlung von 30 Pfund, damit wir einen Platz reservieren können.

Mit freundlichen Grüßen
Jeremiah Horage, Fachlehrer für Französisch

»Oh, ich weiß nicht, ich weiß wirklich nicht«, murmelte Claire. »Sie sind doch noch so jung, da …«

»Mama, bitte, bitte!«

»Natürlich müssen Sie und Jemma das noch einmal in Ruhe durchsprechen«, bemerkte Mr. Horage taktvoll. »Aber lassen Sie mich Ihnen noch einmal versichern, dass sich hier für Jemma mit ihren sprachlichen Fähigkeiten eine wunderbare Gelegenheit bietet, ihre

Sprachkenntnisse an Ort und Stelle auszuprobieren.« Er kicherte das spezielle Lehrerkichern.

»Ich glaube, ich weiß selbst am besten, was für Jemma gut ist, Mr. Horage.«

»Mama!«, zischte Jemma.

Sumitha saß wie eine Wurstscheibe in der Klappstulle zwischen ihren Eltern. Seit dem Haareschneiden hatte ihr Vater kaum mit ihr gesprochen.

Jetzt betete sie heimlich, dass die Lehrer nur erfreuliche Dinge über sie sagen würden.

»Wie sind Sumithas Fortschritte?«, fragte Rajiv.

»Ausgezeichnet«, sagte Mr. Hywood. »Sie ist ein Allroundtalent – natürlich mit einer besonderen Begabung für Schauspiel, Tanz und Gesang, aber das wissen Sie ja.« Rajiv nickte.

»Sie hat mir erzählt, dass sie gern zum Fernsehen möchte«, fuhr Mr. Hywood fort. »Sie werden eines Tages bestimmt sehr stolz auf sie sein, wenn sie das Frühstücksfernsehen moderiert!« Er lachte.

»Sie spielt schon seit dem Tag ihrer Geburt Theater.«

Chitrita lachte leise. Sumitha wand sich vor Scham.

»Du wirst doch bestimmt vorsprechen, wenn die Rollen für die nächste Schüleraufführung vergeben werden?«, erkundigte sich Mr. Hywood bei Sumitha. Sie nickte eifrig. »Aufführung?«, forschte Rajiv.

»›Oliver Twist‹«, sagte Mr. Ellwood. »Wir hoffen, dass Sumitha die Rolle von Arthur Dodger übernimmt – jetzt, mit den kurzen Haaren wäre sie wirklich die ideale Besetzung.«

Rajiv kräuselte verächtlich die Lippen. »Was ist mit ihrem Benehmen? Wie führt sie sich sonst auf?«

Mr. Hywood guckte überrascht. »Benehmen? Sumitha ist freundlich, hilfsbereit und sehr resolut.« Er lächelte ihr zu. »Sie weiß, was sie will, und Sie können mir glauben, sie wird das auch schaffen. Niemand wird Sumitha Banerji jemals die Butter vom Brot nehmen, und das ist in der Welt heutzutage ein gewaltiges Plus.«

»Hm«, sagte Rajiv Banerji nachdenklich, »das stimmt.«

Fortschritte kündigen sich an

»Mama, wie konntest du nur? Ich habe da drinnen wie der letzte Trottel ausgesehen – ›Oh, aber sie ist noch so jung ...!‹ Wie konntest du mir das antun?«

»Nun hör schon auf, Jemma – das verstehst du nicht. Man liest so viel über junge Menschen und was ihnen in der Fremde zustößt ...«

»MAMA! Das ist Paris und nicht Kambodscha! Wir sind da in einer großen Gruppe und alles ist total organisiert. Da kann mich bestimmt keiner klauen oder mich auf dem Weg zum Eiffelturm überfallen, oder? Bitte!«

»Na ja, das vielleicht nicht, aber trotzdem ...«

»Bitte frag doch erst Papa, der sagt bestimmt ja!«, bettelte Jemma.

Mrs. Farrant war sich ziemlich sicher, dass ihr Mann das tun würde. In letzter Zeit konnte er es anscheinend überhaupt nicht abwarten, dass Jemma erwachsen wurde. Wie er ihr vorgeworfen hatte, sie würde ihre Tochter noch immer wie ein Wickelkind behandeln! Was hatte er noch mal gesagt? »Wenn du nicht aufpasst, wirst du sie verlieren.« Das wollte sie selbstverständlich nicht, aber trotzdem …

»Mama, bitte …«

»Ich werde es mir überlegen.« Claire seufzte. »Ich versprech dir, ich werde es mir überlegen.«

»Danke, Mama.« Und Jemma schickte ein heißes Stoßgebet zum Himmel.

»Mama, du warst unglaublich«, sagte Laura bei der Heimfahrt.

»Wann?«, fragte ihre Mutter, als ob sie alle fünf Minuten älteren Jungfern die Meinung geigte.

»Na, mit der alten Hoppy. Sag mal, Mama, meinst du das im Ernst?«

»Was? Dass sie eine blöde …«

»Nein, dass du mich lieb hast und Papa mich auch lieb hat.«

»Natürlich. Das weißt du doch – wie kannst du bloß fragen!« Ihre Mutter gab ihr einen liebevollen Stups.

»Wird Papa mich jetzt auch noch lieb haben, wenn er mit diesen beiden doofen Gören zusammenwohnt?«

»Aber klar doch, du Dusselchen, du bist doch sein Kind. Das werden die nie sein – und das würde er auch nicht wollen.«

»Und du hast mich auch lieb?« Laura war hartnäckig. »Auch jetzt, wo du Melvyn hast? Auch wenn ich pampig bin und mich dauernd über ihn beschwere? Auch dann, wenn ich keine Lust auf Hausaufgaben habe, weil ich mich beschissen fühle?«

»Also gibst du's zu?« Ruth grinste. »Laura, wir würden dich auch lieb haben, wenn du nie wieder einen Kuli anfassen würdest. Obwohl das ganz schön dumm wäre, wenn man sich vorgenommen hat, die berühmteste Schriftstellerin der Welt zu werden, oder?«

»Wahrscheinlich. Na ja, ich denke, dass diese traumatischen Erfahrungen in meinem Leben später mal Stoff für einen Bestseller liefern.« Dieser Gedanke erfüllte sie mit neuer Hoffnung.

Ginny Gee manövrierte das Auto aus der Parklücke.

»Du warst klasse, Mama«, sagte Chelsea. »Woher hattest du nur den Mut, so mit der alten Hoppy zu reden?«

»Och, ganz einfach. Ich hab die Nase gestrichen voll, dass die Leute denken, nur weil ich mir mit Schreiben meinen Lebensunterhalt verdiene, müssen meine Kinder in ihren Aufsätzen Einsen kriegen. Das war schon so bei Geneva und auch bei Warwick, weißt du, und da habe ich mich auch schon aufgeregt.«

»Ich bin fast zusammengebrochen, als du ihr das alles an den Kopf geworfen hast – sie sah total verdattert aus. Morgen weiß es bestimmt das ganze Lehrerzimmer.«

»Es tut mir Leid, wenn dir das peinlich war, Schätzchen.«

»War's mir nicht. Wenigstens nicht diesmal.«

Sumitha saß im Auto und dachte über »Oliver Twist« nach, als ihr Vater sagte: »Ich war heute Abend sehr stolz auf dich.«

Sumitha verschluckte sich fast an ihrer Spucke. »Danke, Papa.«

»Ich freue mich schon auf die Schüleraufführung. Du musst mir ganz viele Karten besorgen – ich werde meine Kollegen aus dem Krankenhaus mitbringen. Und übrigens«, er machte eine kleine Pause, »du siehst hübsch aus.«

Sumitha war sprachlos. Und sehr glücklich.

Gran(diose) Pläne

Am nächsten Tag warteten Jemma und ihre Mutter auf dem Bahnhof auf Jemmas Gran, die das Wochenende bei ihnen verbringen wollte. Sie hatte schließlich doch auf Jemmas Brief geantwortet und ihr versprochen die Fahrt nach Schottland, wo sie Freunde besuchen wollte, zu unterbrechen. Jemma sah ganz hoffnungsvoll in die Zukunft. Falls irgendwer Jemmas Mutter von der Notwendigkeit der Frankreichreise überzeugen konnte, dann war das Gran. Als Jemma ihrem Vater von der Reise erzählt hatte, murmelte er nur: »Wie nett, mein Schatz«, und verschwand wieder hinter seiner Fachzeitschrift.

»Heißt das, dass ich fahren darf?«, hatte Jemma gefragt.

»Klär das mit deiner Mutter, Schatz«, hatte er gemurmelt. »Von mir aus gern.«

Die Mutter hatte ihm auch nicht richtig widersprochen, obwohl sie dauernd an ihrem Daumennagel knabberte und ständig das Besteck sortierte – sichere Zeichen für ihre innere Erregung. Jetzt brauchte es nur noch den letzten Schubs von Gran.

»Da ist sie!«, rief Mrs. Farrant. »Du lieber Himmel, wie sieht sie denn aus?«

Jemmas Gran machte sich nie viele Gedanken wegen ihrer Kleidung. Sie zog sich mit Vorliebe das erstbeste Kleidungsstück über, das ihr aus dem Schrank entgegenfiel. Heute trug sie rosa Cordjeans, ein knallrotes Sweatshirt und einen grünen Herrenhut. Sie erinnerte an ein Radieschen in Übergröße.

»Ach, meine Süßen, wie schön, euch wiederzusehen – und die lieben kleinen Möpse!« Sie winkte in Richtung von Sam und den Zwillingen, die im Auto auf dem Rücksitz mit gesammelter Konzentration um einen halben Schokoriegel kämpften.

»Huuhuuuu!« rief sie plötzlich und wedelte aufgeregt mit den Armen in Richtung Parkplatz.

»Mutter! Was machst du da?« Mrs. Farrant bekam einen roten Kopf.

»Alles Gute, Geoffrey!«, schrie Gran und fuhr dann leiser fort: »Tut mir Leid, mein Schatz, aber ich habe diesen netten Herrn grad im Zug kennen gelernt. Er hat gleich ein Einstellungsgespräch bei einer großen Firma, da musste ich ihm doch Glück wünschen.« Sie winkte noch mal. »Zeig's ihnen!«, brüllte sie quer über den Parkplatz.

»Mutter, um Himmels willen, die Leute gucken schon!«, sagte Mrs. Farrant.

Das war der beste Abend meines Lebens, dachte Jemma. Sie hatten die Kleinen mit dem Babysitter und einer Wagenladung Chips zu Hause gelassen und dann war sie mit den Eltern und Gran zum »Dragon Palace« gegangen. Dort hatten sie gebratenen Tang, knusprige Ente und Frühlingsrollen und Lychees gegessen. Mama hatte zwei Gläser Wein getrunken und benahm sich auf einmal ganz normal. Sie sagte nicht mehr dauernd: »Aber Mutter, das geht doch nicht.« Papa hatte drei Gläser Wein getrunken und strahlte jeden an. Gran sagte, Jemma sei alt genug für ein halbes Glas, also hatte sie auch was abbekommen.

Beim Jasmintee hinterher sah Jemma ihre große Chance gekommen und bemerkte: »Sie bieten uns eine Studienreise nach Paris an, Gran.«

»PARIS!«, jubelte Gran. »Das schicke Pariiii! Ich liebe Paris – wann fahrt ihr, Schätzchen?«

»Na ja, Mama weiß noch nicht genau, ob sie mich fahren lässt.«

»Warum denn, in aller Welt? Das ist eine zauberhafte Stadt, so elegant und prickelnd, und dann das Essen – und die Museen – und die Champs Elysées ...«

»Äh, also, es geht darum ...«, fing Claire an.

»Schatz, wie taktlos von mir – natürlich, das nötige Kleingeld. Kein Problem! Jemma, meine Süße, ich werde die Reise bezahlen. Das ist dann ein kombiniertes Geburtstags- und Weihnachtsgeschenk. Natürlich möchte deine Mutter, dass du mitfährst. Sie hat nur momentan so viel um die Ohren mit dem neuen Kindergarten für die Kleinen und dem anderen Kram. Dein Vater verdient im Öffentlichen Gesundheitswesen viel zu wenig – ich sag ihm schon seit Jahren, er soll sich mehr Privatpatienten angeln, doch er hat ein soziales Gewissen, nicht wahr, Andrew, mein Lieber? Aber mach dir keine Sorgen, ich werde zahlen. Oh, und noch was, mein Schätzchen! Du musst unbedingt Coquilles Saint-Jacques versuchen, mit einem Hauch Estragon – oh, und diese wundervollen Croissants, die man zum Frühstück kriegt…«

»Aber Mutter, es ging nicht ums Geld, es war…« Claire gab ihrem Mann einen leichten Rippenstoß, weil er keine Anstalten machte, in die Unterhaltung einzugreifen, sondern bedauernd die leere Weinflasche anstarrte.

»Oh, ich will keinen Dank, lass nur – ich tu das gern. So, und wer möchte noch Tee?«

Das Ende all meiner Hoffnungen und all meiner Träume

(Schlagerzeile aus den 60er Jahren)

Laura war überglücklich. Ihr Vater hatte gerade angerufen und erzählt, dass das Biest Betsy und ihre

Rotznasen zu einem Besuch bei Betsys Mutter in Eastbourne gefahren waren, und gefragt, ob Laura das Wochenende bei ihm verbringen wolle.

»Wahnsinn, Papa!« Laura war begeistert.

»Ich hol dich um zwei Uhr ab. Wir gehen dann in das ›Coach and Horses‹ essen, wenn du willst. Ich habe aufregende Neuigkeiten für dich.«

Lauras Herz hüpfte in die Höhe. Vielleicht kam er wieder zurück.

»Ist deine Mutter da?«, fragte er.

Bestimmt, dachte Laura, er kommt zurück. »Nein, sie hat heute ein Einstellungsgespräch – irgendwo als Schulsekretärin oder so.« Laura war die Missbilligung deutlich anzuhören.

»Na, bestens für sie – sag ihr, dass ich mich nach ihr erkundigt habe und dass ich eine gute Nachricht für sie habe. Also dann bis Samstag.«

Laura legte auf und gratulierte sich im Stillen. Zwei Tage mit Papa und kein Biest Betsy. Und Papa hatte nach Mama gefragt – bestimmt liebte er sie noch. Und er hatte eine aufregende Neuigkeit für sie.

Laura hörte das Auto ihrer Mutter in der Einfahrt. Es knatterte schrecklich, alles daran war lose, stöhnte und knirschte. Mama wollte es erst in die Werkstatt geben, wenn sie einen Job hatte. Offensichtlich hatte sie noch keinen.

»Hallo, Mama. Wie ist es gelaufen? Möchtest du eine Tasse Kaffee?« Die guten Neuigkeiten hatten sie großzügig gestimmt.

Mrs. Turnbull sah erledigt aus. »Ich habe den Job nicht gekriegt.«

»Pech.« In Lauras Stimme schwang Mitgefühl. »Was lief denn verkehrt?«

»Och, das Übliche. ›Hm. Mrs. Turnbull, Sie haben also seit zwölf Jahren nicht gearbeitet und Sie tippen nicht besonders schnell und ...‹ und so weiter und so weiter.« Sie seufzte. »Ich dachte, eine Grundschule sei genau das Passende, aber offenbar sind die heute auch alle mit Computern voll gestopft. Ich werde wohl einen entsprechenden Kurs belegen müssen.«

»Papa hat angerufen.« Laura wartete auf die hocherfreute Reaktion ihrer Mutter.

»Ach. Und?«

»Er lässt dich ganz lieb grüßen.« Laura fand es taktisch klüger, die wirklichen Worte ihres Vaters etwas zu verändern, um deren Wirkung zu verstärken.

»Wie schade, dass er stattdessen nicht einen Scheck geschickt hat, den könnte ich wesentlich besser gebrauchen.« Lauras Mutter schien den Tränen verdächtig nahe.

»Er hat mich fürs Wochenende eingeladen.« Laura wusste nicht so recht, was sie tun sollte. »Er sagte, er würde mit mir zum Essen ins ›Coach and Horses‹ gehen. Wir sind schon seit einer Ewigkeit nicht mehr dort gewesen.«

»Na prima, zahl's mir ordentlich heim, dass ich dich nicht zum Essen ausführen kann! Ich wünsch dir viel Spaß, aber daran gibt es wohl keinen Zweifel. Schließlich wirst du mich ja eine Weile los sein, nicht wahr?«

»Aber Mama, so hab ich das doch gar nicht gemeint ...«

Aber ihre Mutter war nach oben gerannt.

»Papa ist da!«, rief Laura am Samstagmorgen ihrer Mutter zu.

Ruth kam die Treppe runter und sagte: »Hallo, Peter«, und sah aus, als ob sie sich nicht wohl fühlte.

»Hallöchen«, erwiderte er. »Äh, übrigens, ich hab was für dich.«

Jetzt kommt es, dachte Laura. Irgendeine romantische Briefkarte oder so was. Sie beschloss sich zu verdrücken, damit die große Wiedervereinigung ungestört vonstatten gehen konnte.

Zehn Minuten später ging sie wieder nach unten. Ihre Mutter saß auf dem Sofa und plauderte fröhlich, ihr Vater lachte gerade.

Alles wird wieder gut, dachte Laura. Er wird bald heimkommen.

»Na dann, bist du so weit?«, fragte ihr Vater.

Sie wollen mich damit überraschen, dachte Laura. Ich werde jetzt nichts sagen.

»Ja, Papa.« Laura hoffte, ihre Mutter würde nun auch mitkommen, wo sie sich doch nun wieder so gut verstanden, und war ein bisschen überrascht, als sie sitzen blieb. Na ja, dachte Laura, wahrscheinlich will Papa mir die Neuigkeiten allein erzählen. Sie nahm sich vor sehr überrascht auszusehen.

»Toll, Papa.« Laura hatte gerade ein Gericht aus Pilzen, Scampi mit Knoblauch und Pommes verdrückt und danach noch eine große Portion Eis mit Sahne.

»Na, wunderbar, dein Appetit ist noch völlig in Ordnung. Und jetzt kommt die Überraschung.«

Jetzt, dachte Laura.

»Wir wollen in den Ferien verreisen, und du bist eingeladen mitzukommen.« Ihr Vater löffelte Zucker in seinen Kaffee.

Wundervoll, dachte Laura. Endlich wieder Ferien für unsere Familie. Nur wir drei. Alles würde wieder gut werden.

»Oh, Papa, das ist absolut super!« Fast hätte sie geheult.

»Aber wir haben beschlossen etwas ganz Besonderes zu machen. Ich weiß ja, wie sehr du Cornwall liebst, doch wir wollten diesmal ein bisschen weiter weg. Deshalb haben wir uns die Bretagne ausgesucht.«

»Bretagne?« Laura schnappte nach Luft. »In Frankreich?«

Ihr Vater lachte. »Tja, als ich letztes Mal nachgesehen habe, lag sie in Frankreich, ja.«

»Oh, megastark!«, schrie Laura.

»Dann darf ich wohl annehmen, dass du mitkommst?«

»O ja, ja, ja!«

»Ich bin sehr froh darüber.« Er griff über den Tisch nach ihrer Hand. »Und Betsy auch. Sie wollte dich so gern näher kennen lernen.«

Laura wurde es schlagartig übel.

»Betsy?« Sie konnte nur noch flüstern.

»Ja, sie hat sich darüber beschwert, dass sie dich nie lange genug sieht, um dich kennen zu lernen. Aber zwei volle Wochen – da habt ihr reichlich Zeit.«

»Aber ich dachte – du meinst, du willst, dass ich mit dir in die Ferien fahre – und mit IHR?«

»Natürlich! Ich würde doch nicht verreisen und sie zu Hause lassen, oder?« Ihr Vater lachte nervös.

Plötzlich war alles zu viel. So lange hatte Laura gehofft und gewünscht, dass alles wieder gut würde – und jetzt das! Sie sprang auf.

»Doch, genau das solltest du aber!«, brüllte sie. »Du solltest mit mir und Mama kommen, denn wir sind deine Familie und nicht diese dumme Kuh und ihre grässlichen Gören!« Sie fing an zu weinen. »Mama hat gesagt, du hättest mich lieb, aber das stimmt nicht, denn wenn du mich lieb hättest, dann würdest du zurückkommen, wo du hingehörst. ICH HASSE DICH!« Sie rannte aus dem Restaurant.

Ihr Vater stand langsam auf und versuchte so zu tun, als würde er die sechzehn Paar Augen, die ihn von allen Seiten anstarrten, nicht sehen. Er war sich noch nie dermaßen blamiert vorgekommen.

»Ich sollte wohl besser mit reinkommen«, sagte Peter reumütig, als er mit chronischen Magenschmerzen und einer tränenüberströmten Laura wieder auf Ruths Türschwelle gelandet war.

Eine halbe Stunde später hatte ihr Vater Laura versichert, dass Liebe nicht auf bestimmte Personen beschränkt bleiben muss, sondern dass man, wenn man einen Menschen liebt, auch noch einen anderen lieben kann. Ihre Mutter hatte ein Dutzend Mal wiederholt, dass sie sich wünschte, dass Laura und ihr Vater Freunde blieben und dass man nicht notwendigerweise zu Feinden werden musste, nur weil man nicht zusammenleben konnte. Peter sagte, es täte ihm

Leid, dass Lauras Mutter in der letzten Zeit so gestresst war und dass das auch zum Teil seine Schuld war, weil er auf den Verkauf des Hauses gewartet hatte, damit er ihr mehr Geld geben konnte (und das hatte er nun auch getan).

Laura kam zu der Einsicht, dass das Leben vielleicht doch nicht nur ein einziges Unglück war.

Wenn ihr Vater wirklich wünschte, dass sie mit nach Frankreich fuhr, und falls es ihrer Mutter nichts ausmachte (was wohl der Fall war, weil sie vorhatte, die Zeit bei ihrer Freundin Pat in Plymouth zu verbringen und sich dort mächtig zu amüsieren, und weil sie bestimmt sauer würde, wenn Laura ihr das vermasseln würde), dann würde sie es versuchen. Natürlich würde sie alles mit Sonia teilen müssen, das war klar. Sie würde sich niemals mit Betsy verstehen, ganz egal, was Papa dachte. Aber sie würde mitkommen.

Schließlich bietet Frankreich einen wunderbaren Hintergrund für einen Roman, dachte sie bei sich.

Wir machen alle Sommerferien

Das Ende des Schuljahrs war in Sicht. Jon war selig – er würde von der Bellborough abgehen, sobald er die Zehnte abgeschlossen hatte. Er war mit seinen Eltern in der Lee-Hill-Schule gewesen und sie hatten es so geregelt, dass er dort sein Abitur machen würde. Sein Vater hatte sogar festgestellt, dass die Schule keinen so üblen Eindruck machte, und Mr. Leadson, dem Fachleiter für Kunst, hatte er ans Herz gelegt, dass er sich um seinen Sohn besonders kümmern müsste, denn der würde zweifellos mal ein Stern in der Kunstwelt werden. Jon hatte sich innerlich geschüttelt, aber diesmal dienten die peinlichen Bemerkungen seines Vaters wenigstens einer guten Sache.

Die große Überraschung kam gestern Abend. »Wir wollten dieses Mal ganz andere Ferien machen.«

»Wir haben Norfolk ein bisschen über«, sagte seine Mutter.

»Deshalb haben wir uns Folgendes überlegt.« Sein Vater legte eine Broschüre mit der Aufschrift »Aktive Ferien in Dellfield« auf den Tisch.

»Man kann vormittags an einem Angebot teilnehmen und nachmittags an einem anderen.« Seine Mutter klang begeistert. »Ich nehme Geschichte der Architektur und werde Polstern lernen.«

Sie hatte schon viele Monate nicht mehr so lebhaft ausgesehen.

»Ich wollte mein Golf verbessern und dann vielleicht Tontaubenschießen nehmen«, sagte sein Vater. »Wir dachten, das hier könnte dir gefallen«, und er zeigte auf eine Seite mit einem Eselsohr.

»Die Kunst der Karikatur« stand da. »Berühmte Karikaturisten vom *Daily Record* leiten einen fünftägigen Meisterkurs für ...«

»Wahnsinn – danke, Papa.« Jon schloss genussvoll die Augen. Fünf Tage nichts anderes als Zeichnen. Super.

»Bitte schön«, sagte sein Vater. »Na, und wenn du

auf diesen Typen vom *Daily Record* einen guten Eindruck machst, dann könnte ich ihn doch am Ende des Kurses mal zum Essen einladen, und dann würden wir nachhaken, ob er nicht ...«

»PAPA!«

»Schon gut, Kleiner.«

»Tja, dann werde ich also auch nach Frankreich fahren«, sagte Laura am letzten Schultag vor den Ferien, als sie und die anderen ihre Schulfächer leerten.

»Ich kann es kaum erwarten.« Jemma seufzte. »Eine ganze Woche in Paris und keiner, der mir sagt, was ich anziehen oder essen soll oder wann ich ins Bett muss.«

»Mit Ausnahme vom hässlichen H. natürlich«, wurde sie von Chelsea erinnert.

»Sogar der ist noch besser als meine Mutter – er hat wenigstens kein Diplom in fortgeschrittenen Neurosen. Obwohl sie sich gebessert hat«, fügte sie hinzu, weil sie ihrer Mutter gegenüber loyal bleiben wollte.

»Wir fahren nach Estepona«, erzählte Chelsea. »Das liegt in Spanien«, erläuterte sie, als ihre Freundinnen sie verständnislos ansahen. »Meine Mutter soll über so ein neues Feriendorf schreiben, und dafür kriegen wir das Appartement billiger.«

»Ihr Glücklichen«, sagte Sumitha wehmütig. »Mich zerren sie wieder zu unseren Verwandten nach Kalkutta. Die hocken alle zusammen und machen großen Wirbel und sprechen Bengali wie die Maschinengewehre und schleppen mich dauernd in indische Filme. Und alles ist mega-langweilig.«

Alle stöhnten leise voller Mitgefühl. »Ihr kennt doch Jon von nebenan«, sagte Jemma plötzlich. »Der, für den Laura so schwärmt«, fügte sie erläuternd hinzu, falls jemand das vergessen hatte.

Sumitha starrte finster vor sich hin.

»Ich glaube, Sumitha kann ihn auch gut leiden.« Chelsea kicherte.

Laura starrte finster vor sich hin.

»Also«, fuhr Jemma fort, »der kommt nach der Zehnten hierher.«

»Was?«, sagten Laura und Sumitha gleichzeitig. »Hierher? In die Lee-Hill?«

»Jau. Seine Mutter hat es meiner Mutter erzählt. Er will nämlich Kunst und Design studieren und Illustrator oder Karikaturist werden oder sonst so was Verrücktes.«

»Das ist überhaupt nicht verrückt«, widersprach Laura, während ihr Herz einen Hopser machte.

»Das ist ein ganz einträglicher Beruf«, verteidigte Sumitha ihn.

Sumitha überlegte, ob Laura vielleicht in den Ferien eine vergiftete Muschel essen würde und niemals mehr zurückkäme. Und Laura schlug das Herz schneller bei dem Gedanken, dass Sumithas Verwandte sie vielleicht für immer in Kalkutta behalten würden.

»Wir schreiben uns aber während der Ferien, nicht wahr?«, wollte Jemma wissen.

»Na klar«, kam es im Chor. Natürlich würden sie sich schreiben. Schließlich war das größte Problem an den Ferien, dass man ohne Telefonieren Entzugssymptome bekam.

Die Schlussszene

Chelseas Mutter hatte ganz offensichtlich neuen Auftrieb bekommen, seitdem sie von den günstigen Ferien in Spanien erfahren hatte.

»Du wirst den ganzen Tag schreiben und Wasserski und solche Sachen ausprobieren«, beklagte sich Barry. »Ich werde von dir nichts sehen.«

»Obwohl«, er wurde wieder etwas vergnügter, »vielleicht könntest du ein bisschen daran drehen, dass ich in die Hotelküche reinkann und ein paar spanische Rezepte lerne.«

»Vielleicht«, sagte Ginny. Oder vielleicht auch nicht.

Der Grund für Ginnys gute Laune waren nicht die geplanten zwei Wochen in der Sonne, sie war gerade vom Bezirk zur Kolumnenschreiberin des Jahres gewählt worden. Warwick hatte schließlich doch von irgendeinem Ort mit einem unaussprechlichen Namen angerufen und ihr versichert, dass er lebendig, keimfrei und sehr glücklich sei, und Geneva hatte ihr Examen mit Auszeichnung bestanden.

»Ich finde, ich sollte eine Party geben«, verkündete Ginny eines Abends bei einem Essen, von dem Barry behauptete, es wäre Thai-Hühnchen-Curry. »Du darfst dann aber nicht so was Scharfes kochen.«

»Ich dachte, wir könnten die Party vor den Sommerferien geben«, sagte Ginny zu Lauras Mutter am Telefon. »Die Dinge entwickeln sich gut – Barry steht auf der Anwärterliste für einen Job. Ich komme sogar mit Chelsea klar, was wahrscheinlich das Allererstaunlichste ist. Könnt ihr kommen?«

»Rasend gern«, sagte Mrs. Turnbull. »Eigentlich entwickeln sich die Dinge hier auch ganz gut. Laura redet mit mir, mit Peter und mit Betsy, und das gleichzeitig. Gestern Abend hat sie zu mir gesagt, ich sei, was Mütter angeht, gar nicht so übel.«

Ginny lud die Banerjis ein (unter anderem auch deshalb, weil sie sehen wollte, ob Rajiv sich auch einmal entspannen konnte), die Farrants, die Josephs und ein paar Leute aus der Redaktion. Chelsea und ihre Freundinnen wollten in das neue MultiMaxx-Kino gehen und später mit einem Taxi anrücken. Zum ersten Mal seit Ewigkeiten hatte Ginny das Gefühl, sie könnte sich fallen lassen und sich einfach amüsieren.

Um halb elf Uhr abends kamen Laura, Sumitha, Chelsea und Jemma vor dem Haus der Familie Gee an, wo sie übernachten sollten.

»Nun kommt schon«, forderte Chelsea sie auf. »Wir sagen ihnen, dass wir wieder da sind, dann gehen wir hoch zu mir und hören noch ein bisschen Musik.«

Im Flur vor dem Wohnzimmer blieben sie mit offenem Mund stocksteif stehen. Drinnen stand Chelseas Vater, sein Haar mit Gel an den Kopf geklatscht, hielt eine umgedrehte Weinflasche wie ein Mikrophon vor sich und gab eine Elvis-Imitation mit massenhaft rosa Wabbelbauch, der ihm über den Bund der Jeans hing.

Lauras Mutter saß auf dem Schoß vom Knilch, fütterte ihn mit Chips und grinste dämlich. Jemmas Vater hoppelte herum und goss Wein nach – und überhaupt standen Unmengen von leeren Weinflaschen rum. Mrs. Banerji war anscheinend gerade dabei, Ginny, Mrs. Joseph und Jemmas Mutter indische Tänze beizubringen, während Rajiv auf einem umgedrehten Papierkorb herumtrommelte. Immer wieder krümmten sie sich vor lauter Gekicher, weil sie ihre Finger nicht so biegen konnten, wie sie sollten.

»Mama! Du hast getrunken!«, klagte Chelsea.

»Mama – man kann deine Unterhosen sehen!«, brüllte Laura.

»Mama – was machst du da bloß?«, stöhnte Sumitha.

Jemma starrte nur voller Horror auf das Bild vor ihren Augen. Ihre sonst so unelegante Mutter schlängelte sich zur Musik wie eine Besessene.

Alle Erwachsenen schauten etwas überrascht auf ihre Sprösslinge, die pünktlich wie verabredet eingetroffen waren.

»Oh, da seid ihr ja.« Ginny hickste. »Godseidang.«

»Are you lonesome to-ooo-night?«, schmalzte Mr. Gee seine Weinflasche an.

»Mama! Papa!«, riefen alle im Chor, entsetzt über die Ausschweifungen, die sich ihren Augen boten. »Was zum Teufel ist hier los?«

»Wir haben eine kleine Party«, Ginny grinste, »eine Feier.«

»Do you miss me to-ooo-night?«, säuselte ihr Mann.

»Du lieber Himmel«, brüllte Chelsea. »Ich bring

meine Freundinnen mit nach Hause und dann finden wir so was vor.

Kommt, Leute, lasst uns verschwinden. Das ist ja grauenhaft!«

»Mama, wie kannst du nur?«, jaulte Laura anklagend und runzelte die Stirn.

»Och, nun kommt schon, Mädels«, sagte Ginny. »Was war das noch, was ihr immer sagt?«

Sie nahm noch einen Schluck von ihrem Chardonnay.

»Ach ja, richtig.« Sie kicherte. »REG DICH AB, MAMA!«